W0203291

La Siciliana -

DIE SIZILIANERIN

Über das Buch

Chiara bereitet sich gerade gelassen auf einen schönen Sommer in ihrer Heimat vor, als ihre Familie ein Anruf erreicht, der weit aus der Vergangenheit ihrer sizilianischen Wurzeln rührt.

Ein alter Mafiaboss liegt im Sterben und bittet Vittorio, Chiaras Vater, um einen letzten großen Gefallen. Doch Vittorio weigert sich, diese Bitte zu erfüllen. Zu tief sitzt, trotz ihrer Aussöhnung, noch der Schmerz, den ihm Carlos Inzigniano einst zugefügt hat. Als Chiara erkennt, welche Gefahr droht, wenn ein längst vergessen geglaubtes Geheimnis ihrer Familie ans Licht kommt, reist sie kurzentschlossen selbst nach Sizilien, um die Dinge dort im Sinne ihrer Familie zu regeln.

Weder Carlos noch die anderen Beteiligten sind zunächst bereit, ihr aller Schicksal in die Hände einer jungen Frau zu legen. So stößt sie auf eine Mauer des Schweigens und bekommt den Spott einiger junger Paten zu spüren, als sie versucht, Licht ins Dunkel zu bringen.

Eine alte Kirche, die restauriert werden soll, scheint der Schlüssel zu dem Geheimnis zu sein, um das sich alles dreht. Ein pensionierter Kommissar gibt Chiara genauso Rätsel auf wie viele andere, sehr spezielle, teils skurrile Charaktere, die versuchen, ihr den einen oder anderen Stein in den Weg zu legen.
Und obwohl es diesmal gilt, die Familie vor Unheil zu bewahren, lässt sie es sich, wie immer, nicht nehmen, quasi im Vorbeigehen, das eine oder andere bezaubernde Lokal zu entdecken, ein Glas Wein zu genießen und den Blick für die schönen Seiten ihrer Heimat nicht zu verlieren.
Schließlich findet sie in einem jungen Polizisten einen Verbündeten, der ihr hilft, ganz tief in der Vergangenheit zu graben und sich allen Herausforderungen zu stellen.

Chiaras sizilianisches Blut ist diesmal auf dem absoluten Siedepunkt. Am tiefsten Ursprung ihrer Wurzeln kommt sie an ihre Grenzen.
Mafia ist nicht lustig - und dennoch findet sie den Spagat zwischen nachdenklichen Tönen und dem notwendigen Augenzwinkern, als sie versucht, einem alten Paten seinen letzten Wunsch zu erfüllen.

Ein alter Pate, ein hartnäckiger Kommissar, ein ehrgeiziger Polizist. Die Hitze Siziliens, die sich in den engen Gassen staut, und kaum Luft zum Atmen lässt.
Chiara ist diesmal kurz davor, den Überblick zu verlieren, legt sich mit der Mafia an, trickst die Behörden aus und verliert um ein Haar ihr Herz.
Begleiten Sie Chiara auf ihrer Reise nach Sizilien - in einen heißen Sommer, der nicht nur Hochspannung, sondern auch jede Menge Romantik verspricht.

La Siciliana -

DIE SIZILIANERIN

von Chiara Ravenna

Roman

La Siciliana - Die Sizilianerin

von Chiara Ravenna

1. Auflage 2017
Coverfoto: © / shutterstock.com
Gestaltung: Mona Moore a.k.a. Mona Eismann
Copyright © 2017 CK Agenzia Letteraria
Herausgeber: CKAL, D-10623 Berlin
Alle Rechte vorbehalten.

Nachdruck, Vervielfältigung - auch auszugsweise - sind nur nach vorheriger schriftlicher Genehmigung gestattet.

Chiara Ravenna im Internet:
Twitter: @iLadyi
Blog: ladyitaly.com
Foursquare: Chiara Ravenna
E-Mail: chiara-ravenna@libero.it
google+: google.com/+ChiaraRavenna
FB: facebook.com/Chiara.Ravenna.Italien

Vorwort der Autorin

Buon dì, guten Tag,

ich freue mich, dass Sie mich diesmal nach Sizilien begleiten wollen. Eine Insel, ganz im Süden Italiens, mit ganz besonderem Reiz. Auf der einen Seite die schroffe und wilde Schönheit der Landschaft, die heißen Sommer und milden Winter. Auf der anderen Seite natürlich auch der Inbegriff der italienischen Mafia, der "Cosa Nostra", wie sie sich dort nennt.

Unzählige Filme, Serien, Berichte und Dokumentationen wurden zu diesem Thema bereits verfasst. "Mafia ist nicht lustig" steht im Klappentext dieses Buchs - und ich habe lange überlegt, ob ich mich heranwage, eine Geschichte darüber zu schreiben, die doch einerseits dieses Thema aufgreift, andererseits aber auch kein reiner Krimi oder Actionthriller sein soll, und schon gar nicht zu brutal. Explodierende Autos, Überfälle mit Maschinenpistolen, Erpressung, Drogenhandel und vielerlei mehr sind eigentlich nicht so sehr mein Thema, worüber ich gerne schreibe. Es ins Lächerliche zu ziehen, passt aber auch nicht. Es gibt einige Filme, die das Thema verniedlichen, den Paten als entscheidungsschwachen Idioten darstellen, seine Killerbrigaden in den Bereich der Comedy verweisen. All das bleibt einem dann wieder im Halse stecken, wenn man die Aufkleber an einigen Geschäften sieht, die sich der Vereinigung "addiopizzo" angeschlossen haben, sich also weigern, weiter Schutzgeld zu bezahlen. Spätestens dann weiß man, dass es sie gibt, sie allgegenwärtig ist, diese dubiose Mafia, über die man so viel hört, aber von der man so wenig sieht, wenn man nicht genau hinschaut.
Es gab eine Zeit, da fuhr in Palermo oder Neapel kein Motorradfahrer mehr mit Helm. Warum? Weil die beliebteste Art des Bandenkriegs der Anschlag vom Motorrad aus ist. Einer fährt, der Sozius hat die Maschinenpistole. Der Helm ist die perfekte Tarnung,

nicht erkannt zu werden. Also gingen die Leibwächter der Bosse dazu über, sicherheitshalber jeden Motorradfahrer, der sich mit Helm näherte, zu erschießen. War es dann "nur" ein Zivilist, egal. Sicher ist sicher.

Ich habe mich nun dennoch für dieses Thema entschieden. Es nicht lustig werden lassen, aber auch darauf geachtet, dass es trotzdem Spaß macht, Chiara dabei zu folgen, wie sie versucht, eine Angelegenheit aus ihrer Vergangenheit für ihre eigene Familie zu regeln.

Mit den üblichen kulinarischen Ausschweifungen, dem einen oder anderen Glas Rotwein und diesmal auch mit einer gehörigen Portion Romantik, als sie sich tatsächlich hinreißen lässt, fast ihr Herz zu verlieren.

An einigen Stellen nimmt die Geschichte Bezug auf mein erstes Buch, meine Biografie "il Tedesco - Der Deutsche". Man kann dem vorliegenden Buch aber auch problemlos folgen, wenn man "il Tedesco" nicht gelesen hat. Alle relevanten Informationen werden genannt, ich setze also kein "Grundwissen" über meine Person voraus.

Ich wünsche Ihnen viel Vergnügen!

Ihre

Chiara Ravenna

Prolog

Einige Jahre zuvor

1.

Nachdem die schwarze Limousine vorgefahren war, hatte ich, ohne es bewusst zu merken, den Atem angehalten. Ich fühlte die Anspannung, die plötzlich in der Luft lag. Es schien, als würde alles stillstehen. Es war kein Laut zu hören, kein Rascheln, kein Vogel, nichts. Der Mann im Fond stieg aus. Mühsam, er hob sich regelrecht selbst aus dem Sitz, indem er sich am Haltegriff über der Türe festhielt. Er beugte sich nochmals zurück in den Wagen, holte einen schwarzen, glänzenden Gehstock hervor und drehte sich zu meinem Vater um. Und dann standen beide da, unbewegt, fixierten sich. Ich musste an einen Western denken. Ich erwartete direkt, dass beide auf Kommando ihre Revolver ziehen würden, um das Duell zu beenden. Aber der Einzige, der wohl eine Waffe würde ziehen können, war dieser offensichtliche Mafioso. Denn mein Vater hatte natürlich keinen Revolver einstecken. Und dann fielen mir die Zeitungsartikel ein und meine Angst und der Traum, in dem dieser Mann mit einem Messer auf mich zugekommen war. Ich ließ mich vom Pferd gleiten und sprintete los, in weitem Bogen um unser Haus herum. Was immer dieser Mann hier wollte, ich war überzeugt, es war nichts Gutes. Ich kam keuchend am Hintereingang unseres Hauses an und lehnte mich einen kurzen Moment an die Hausmauer. Dann schlüpfte ich leise durch die Türe und ging in die Kammer, in der wir unsere Jagdwaffen aufbewahren. Ich kann gut mit Gewehren umgehen, ich bin schon von klein auf gewohnt, mit auf die Jagd zu gehen. Je nachdem, was man jagen will, gibt es verschiedene Waffen und Munition. Ich nahm das größte Kaliber, das für die Wildschweinjagd. Meine Hände zitterten kaum, als ich die Patronen in den Lauf schob, und als ich durchlud, war ich so ruhig, dass ich sogar meinen Atem wieder komplett unter Kontrolle hatte. Deutsche Mutter hin, Emilia Romagna her. Es hieß immer, ich habe in unserer Familie das meiste sizilianische Blut. Und das kochte in diesem Moment nicht, nein, es siedete bereits. Was immer nötig war zu tun, um meine Familie zu schützen, ich war wild entschlossen dazu.

2.

Mein Vater und der Mann waren inzwischen ins Haus gekommen und hielten sich im Wohnzimmer auf. Ganz leise schob ich mich im Flur bis an die zweite Türe des Zimmers heran, die halb offen stand. Die Szene war irgendwie bizarr. Mein Vater, in Arbeitshosen und schweren Stiefeln, saß dem Mann im Anzug gegenüber. Der war gekleidet, als ginge er gleich zu einem Empfang. Unter dem Anzug blitzte sein weißes Hemd, unter den Ärmeln funkelten diamantbesetzte Manschettenknöpfe. Die Krawatte war perfekt gebunden und farblich dezent, aber sehr edel. Meine Mutter saß an der Stirnseite des Tisches. Sie wirkte genauso angespannt wie mein Vater. Keiner sprach und in die Stille tickte die schwere Standuhr wie eine Zeitbombe.
»In der Zeitung haben sie geschrieben, du wärst tot«, durchbrach mein Vater schließlich das Schweigen.

Carlos sah ihn lange an, dann huschte kurz so etwas wie ein Grinsen über sein Gesicht, ganz kurz nur, kaum wahrnehmbar.
»Nun, Vittorio, das sollten auch alle denken.«
»Und?«
»Nachdem du damals zurückgekommen warst, um mich aus dem Haus zu tragen, und mich draußen hingelegt hast, dachte ich auch, ich überlebe diese Schmerzen nicht.« Er zeigte kurz auf seine Beine, die dünn und zerbrechlich wirkten.
»Und dann kam einer meiner Männer zurück. Er nahm mich mit. Wir haben dem Mann, der im Hof lag, meinen Schmuck angelegt und meine Uhr und ihn ins Haus gebracht. Ich wollte, dass alle denken, es hätte mich im Feuer erwischt.«
»Ah.« Mein Vater machte ein erstauntes Gesicht.
»Ich habe mich lange versteckt. Als ich wieder auftauchte, warst du schon fortgegangen.«
»Ah«, machte mein Vater wieder. Dann, nach einer endlos langen Pause, kam es ganz leise: »Und was willst du nun?«
Carlos schaute meinen Vater eindringlich an: »Weißt du, Vittorio, ich war damals jung. Es ist viel passiert, seitdem. Ganz ehrlich, als ich erfuhr, was du getan hattest, mit meinem Wein und«, hier beugte er sich plötzlich nach vorne und sah meinem Vater direkt in die Augen, »als ich deinen Blick gesehen hatte, als du in mein Haus kamst, um mich zu töten, da … ich habe seitdem jeden Mann, den ich traf, an dir gemessen. An deinem Mut.«
Er lehnte sich wieder zurück. Das Schweigen von vorhin breitete sich wieder aus und ich merkte, wie meine Finger zu schmerzen begannen, so fest hielt ich noch immer das Gewehr umklammert.

»Ich bin alt, Vittorio, alt und müde. Und weißt du, ich habe nie gelernt, mich bei jemandem zu bedanken. Aber ich wollte dir das hier geben.« Carlos griff in seine Jacke und zog einen vergilbten Umschlag heraus. Kurz ließ er seinen Blick darauf ruhen, dann streckte er die Hand damit aus.

»Was ist das?«

»Nimm es, es gehört dir.«

Mein Vater nahm den Umschlag entgegen und öffnete ihn misstrauisch. Er zog zwei Dokumente heraus, eines sah aus wie ein Ausweis, das andere war eine Urkunde. Er hob den Blick und sah Carlos erstaunt an.

»Ich weiß nicht, warum du damals noch mal zurückgekommen bist, um mich zu retten. Ich hätte dir das schon lange bringen sollen«, damit erhob sich Carlos mühsam von seinem Stuhl.

Mein Vater war ebenfalls aufgestanden. Wieder musterten sich die beiden Männer schweigend. Dann, ein ganz kurzes Nicken, es war nur angedeutet, eigentlich physisch gar nicht vorhanden, und Carlos wandte sich zur Türe. Kurz bevor er über die Schwelle trat, drehte er sich nochmals um.

»Leb wohl, Vittorio, und … Danke.« Damit verschwand er aus dem Raum und kurze Zeit später brummte der Motor auf und man hörte noch den Kies spritzen, als sich die Räder in Bewegung setzten.

Mein Vater hielt noch immer den Umschlag in den Händen und sah meine Mutter an. Er streckte zaghaft die Hand aus, um ihr die Papiere zu geben, aber sie schüttelte nur kurz den Kopf. Und mein Vater beugte sich zum Kamin, in dem noch die letzten kleinen Flammen loderten und hielt erst eine Ecke der Papiere hinein, bis die Flammen gierig aufzüngelten, und fütterte dann das Feuer mit Bärbels deutschem Pass und ihrer alten Geburtsurkunde.

Ich schob mich Millimeter um Millimeter zurück in den Flur, entlud die Waffe, schlüpfte wieder in meine Stiefel und nahm den Weg zurück, in weitem Bogen um unser Haus, zu meinem Pferd.

Kapitel 1

1.

Das Klingeln des Telefons bohrte sich unerbittlich in meinen Traum und ich versuchte eine Weile, es zu ignorieren, aber schließlich schlug ich die Augen auf. Die tiefstehende Sonne malte bizarre Muster an die Decke des Wohnzimmers und mein Mund fühlte sich an wie mit Watte gefüllt. Ich hatte mich nur einen kurzen Augenblick ausruhen wollen, als ich von den Feldern nach drinnen gekommen war, und musste darüber auf der Couch eingeschlafen sein. Das Telefon klingelte immer noch und der Ton fiel mir auf die Nerven. Ich streckte mich ausgiebig und dann ging ich langsam in die Diele, wo der Apparat hing und ließ mir dabei so viel Zeit, dass der Anrufer endlich auflegte und das Telefon Ruhe gab.

Ich grinste, zuckte mit den Schultern und ging in die Küche zum Kühlschrank, um etwas zu trinken zu bekommen. Ich hatte gerade die Türe geöffnet, da fing das Klingeln erneut an. Ich schloss den Kühlschrank mit einem lauten Knall, ging zurück in die Diele, mit energischen Schritten diesmal, riss den Hörer vom Gerät und bellte ein frostiges »Pronto!« hinein.

»Guten Tag. Mein Name ist Orazio Abbate. Kann ich bitte mit Signor Vittorio Ravenna sprechen?«

Die Stimme klang ein wenig affektiert und ganz deutlich war der Dialekt aus dem Süden herauszuhören. Auch wenn der Anrufer sich bemühte, ihn nicht zu sprechen.

»Mein Vater ist nicht da. Soll ich etwas ausrichten?«

»Ah, dann spreche ich mit Signorina Ravenna? Nein. Ich muss ihn persönlich sprechen. Wann ist er zurück?«
Der Anrufer konnte nichts dafür. Aber er fiel mir auf die Nerven. Ich wollte etwas trinken. Und meinen Vater an ein Telefon zu bekommen, war ohnehin aussichtslos. Er hielt nichts von Gesprächen, bei denen man sein Gegenüber nicht sah. Und er war so gut wie nie im Haus. Sein Leben fand draußen statt. Bei seinen Feldern, den Weinbergen, den Tieren. Bei seinem Wein. Gerade, dass er nicht in den Weinbergen schlief.
»Ich weiß nicht, wann er wieder hier ist. Kann er zurückrufen?«
Das Schweigen in der Leitung dauerte so lange, dass ich dachte, er hätte aufgelegt. Dann: »Nun, äh, nein. Hat er vielleicht eine Handynummer?«
Wieder musste ich schmunzeln. Ein Handy! Mein Vater! Die Vorstellung war zu komisch. Wir hatten ihm eins geschenkt. So wie meiner Mutter. Sie nutzte ihres, er hatte es nicht mal ausgepackt.
»Hören Sie, wenn ich nichts ausrichten kann, dann versuchen Sie es einfach gegen Abend nochmal.«
Damit legte ich auf, vergaß den Anruf und holte mir endlich ein Glas Weißwein, das ich mit nach draußen auf die Veranda nahm, um es langsam zu genießen, während ich in die Hügel blickte und meinen Gedanken nachhing.

2.

Ich dachte nicht mehr an den Anrufer, der sich auch am Abend nicht erneut meldete, und erzählte auch meinem Vater nichts davon. Es schien mir einfach nicht wichtig zu sein. Der Sommer nahm langsam

Fahrt auf und ich war zufrieden mit dem Jahr, das es gut mit mir meinte. Ich hatte einiges im Büro zu tun, aber nicht so viel, um nicht auch genug Zeit auf unserem Hof zu verbringen, wo ich in den Weinbergen mithalf, und an besonders schönen Tagen fuhr ich morgens kurz in den Ort, schaute im Büro vorbei und ging dann zu Mario an den Strand. Seine Bar war mein zweites Zuhause. Den ganzen Sommer über hielt ich mich so oft wie möglich am Meer auf. Marios Bagno war mein Büro, mein Stammcafé, mein Lieblingsstrand und mein Restaurant während dieser Zeit. Es waren unbeschwerte Tage in diesem Frühsommer, von denen ich mich treiben ließ. Ich hatte mit den letzten Jahren meinen Frieden geschlossen und die Zukunft war noch in weiter Ferne.

Die Abende wurden bereits mild und wenn ich mit Freunden unterwegs war, um irgendwo in den sanft ansteigenden Hügeln, die den Beginn des Apennin markierten, ein neues Restaurant ausprobierte oder die Küste entlang in einen der Clubs gefahren war, schlief ich oft in meinem kleinen Haus, direkt am Meer. Dann saß ich morgens, wenn die Sonne begann, als glutroter Feuerball aus dem Meer zu klettern, auf meiner Terrasse, nippte an meinem Espresso und machte Pläne für den Tag. Sobald Mario am Strand seine Bar öffnete, fand ich mich dann bei ihm für ein kleines Frühstück ein und ging schwimmen, bevor die ersten Touristen aus den Hotels an den Strand kamen oder die Italiener aus den nahegelegenen Städten, die ihre Wochenenden traditionell, so oft es geht, am Meer verbringen.

Wenn ich auf unserem Hof in den Hügeln übernachtete, genoss ich morgens den Blick in die Ferne, bis hinaus ans Meer, das einige Kilometer entfernt war, und sah von hier aus zu, wie die Sonne den vorher verschwommenen Übergang von Meerlinie und Horizont mit ihren Farben hervorhob. Hier, weiter oben, war es morgens kühler, die Luft war klar und frisch und sobald ich die Tiere versorgt hatte, frühstückte die ganze Familie und besprach, was an Arbeiten zu verrichten war. Ich liebe diese beiden Orte, diese beiden Varianten. Das Leben am Meer, mit der immer präsenten Brandung, die den ganzen Tag begleitet, die auf jede kleine Wetteränderung mit andern Geräuschen reagiert. Das Meer, das immerzu seine Farbe ändert, von Tiefblau, an heißen ruhigen Tagen, wenn Himmel und Wasser fast eins werden, bis hin zur grünen Gischt, die wütend gegen die Felsen peitscht, und die Unwetter, die die Wellen hochschlagen lassen. Der Sturm, der ungeschützt gegen das Land wütet, diese Gewalt. Und das Leben auf dem Land, etwas zurückgezogen, die Ruhe, nur Bäume, die sich sanft im Wind wiegen, Tiere jeder Art, die man im Lauf der Jahre zu unterscheiden lernt. Der feste Rhythmus, den einem die Tiere und die Natur vorgeben. Die Arbeiten, die gemacht werden müssen, je nach Tageszeit und Wetter, ein sich immer wiederholender Zyklus. Ich würde mich vermutlich niemals entscheiden können, wo ich einmal endgültig würde leben wollen, am Meer, direkt am Strand, oder auf unserem Hof.

3.

Nachdem ein paar Wochen vergangen waren, wiederholte sich der Anruf fast wie beim ersten Mal. Wieder war ich alleine im Haus, wieder hatte ich kurz vor mich hingedöst, wieder war ich genervt

vom nicht enden wollenden Klingeln des Telefons. Als ich schließlich wieder mein möglichst abweisendes »Pronto!« in den Hörer gefaucht hatte, meldete sich wie beim letzten Mal die Stimme in dem unverkennbar sizilianischen Dialekt:
»Guten Tag, hier spricht Orazio Abbate. Ich möchte bitte mit Vittorio Ravenna sprechen.«
»Er ist nicht da. Kann ich etwas ausrichten?«
»Nein danke, sehr freundlich. Aber ich müsste direkt mit ihm sprechen.«
»Nun, tut mir leid.«
»Wann ist er denn zu erreichen?«
»Das kann ich nicht sagen, er ist selten im Haus.«
»Ich melde mich wieder. Guten Abend.«

Ich zuckte mit den Schultern. Auch diesmal vergaß ich den Anruf schnell. Aber der nächste kam bereits einen Tag später. Wieder der fast gleiche Ablauf. Irgendwie schien der Anrufer zu ahnen, wann ich ausgerechnet alleine im Haus war, denn er bekam immer nur mich ans Telefon, niemals jemand anderen aus der Familie.

Als ich das fünfte Mal dran war, war ich so genervt, dass ich den Anrufer anfauchte: »Wenn Sie mir nicht sagen, worum es geht oder eine Nummer hinterlassen, werde ich den Anschluss abmelden!«
»Aber, bitte entschuldigen Sie, dass ich Sie so oft störe. Nur, es ist so überaus wichtig, Signor Ravenna zu sprechen.«
»Das mag ja sein. Nur, wenn er nicht weiß, worum es geht, wird er nicht mit Ihnen sprechen«, log ich, nur um endlich eine Reaktion zu provozieren.
»Ah ja, es tut mir leid. Aber ich bin nicht befugt, den Grund jemand anderem zu nennen als Ihrem Vater.«

Ich verlor nun wirklich die Geduld: »Hören Sie, und ich bin befugt, Ihnen zu sagen, dass Sie meinen Vater vermutlich in hundert Jahren nicht ans Telefon kriegen werden!«
Damit knallte ich den Hörer auf die Gabel, funkelte das Gerät noch einen Augenblick böse an und dann stapfte ich aus dem Haus, sicher, von diesem seltsamen Orazio nie mehr etwas zu hören.

4.

Wieder hatte ich den Anrufer bald vergessen. Es war heiß geworden und ich verbrachte immer mehr Zeit am Meer. Das Büro lief nur noch auf Sparflamme und auf dem Hof gab es jetzt nicht so viel zu tun. Ich machte Pläne für den Sommer, was ich mit wem unternehmen wollte, und genoss die Tage, die warm waren und sich gut anfühlten, in ihrer Leichtigkeit.
Ich war jetzt ganz in mein Haus am Meer umgesiedelt und ging morgens meine gewohnte Strecke bis zum Leuchtturm. Meist schwamm ich auch gleich noch ein wenig, solange ich noch alleine am Strand war. Wenn es am Vormittag so richtig voll wurde, zog ich mich in eine Ecke von Marios Café zurück, schrieb ein paar E-Mails, erledigte meine Anrufe und diskutierte mit Mario, was ich mittags von ihm gerne zu essen hätte. Die Nachmittage, wenn die Sonne glutheiß brannte, blieb ich im Haus, um ein wenig Schlaf nachzuholen, um dann später auf einen Aperitivo in eine der Bars im Ort zu gehen, mich mit Freunden zu treffen und zu besprechen, was wir unternehmen würden.

Und alle paar Tage fuhr ich zu uns auf den Hof, um meine Post zu holen, meine Eltern zu treffen und um

zu sehen, ob es etwas gab, wofür meine Hilfe gebraucht würde. Die Fahrt vom Meer hoch zu uns war jedesmal ein Genuss. Man sieht die sanften Ausläufer des Apennins von der Küste aus, aber die oberen Regionen, die schroffen Felsen, liegen oft im Dunst verborgen. Wenn man dann durch die weite Ebene fährt und die ersten leichten Steigungen beginnen, man sich dann die kleinen kurvigen Straßen hinaufkämpft und der Blick in die Hügel frei wird, mit den unglaublich grünen Wiesen, Feldern und Weinbergen, die sich schier endlos nach oben hin erstrecken, die klare Luft atmet, egal wie heiß es am Strand gewesen ist, dann überkommt mich jedesmal eine Ruhe, ein Gefühl, zu Hause zu sein.
Als ich an diesem Tag wie immer viel zu schnell durch die Toreinfahrt schoss, hätte ich fast einen Wagen gerammt, der vor unserem Haus parkte. Es war eine schwere schwarze Limousine. Die hinteren Scheiben waren getönt, so dass man nicht hineinblicken konnte. Ich bremste scharf und verfehlte den Wagen nur knapp.

Dann starrte ich auf das Auto und meine Hände begannen zu zittern. Ich hatte dieses Modell schon zweimal gesehen. Und beide Male waren nicht besonders erfreulich gewesen. Das erste Mal auf einer Familienfeier. Ich weiß noch wie heute, wie ich damals nach draußen gegangen war, um eine Zigarette zu rauchen, als die gleiche Limousine heranglitt. Das hintere Fenster war heruntergefahren und ein Mann mit scharf geschnittenem Gesicht, einer Hakennase und einer Narbe hatte zu mir herübergeblickt. Und mein Vater, der neben mir gestanden hatte, war kreidebleich geworden, als hätte er ein Gespenst gesehen.

Und das zweite Mal war dieser Wagen dann auf unserem Hof gestanden, genau wie heute, und ich hatte eine mehr als seltsame Unterhaltung belauscht, die mein Vater mit einem Carlos führte, den er offenbar aus seiner Vergangenheit kannte, aus den Jahren, als er und meine Mutter noch auf Sizilien gelebt hatten.

5.

Der Fahrer der Limousine war ausgestiegen, warf mir einen kurzen, verächtlichen Blick zu und öffnete dann die hintere Tür. Wie damals schwang sich aus dem Fond ein elegant gekleideter Herr. Aber im Gegensatz zum letzten Mal sprang er leichtfüßig auf beide Beine, zupfte kurz seine Manschetten zurecht und blickte sich dann ruhig um. Er war in einem undefinierbaren Alter. Ich hätte nicht sagen können, ob er um die fünfzig oder schon weit über siebzig war. Er war ziemlich klein, hatte eine markante Nase und die tiefbraune Haut, wie sie viele Sizilianer haben.

Ich gab mir einen Ruck und stieg ebenfalls aus. Als ich einen Schritt auf die beiden Männer zuging, stellte sich der Fahrer sofort vor den kleinen, eleganten Mann, so als müsse er ihn vor mir beschützen. Ich klappte den Mund auf, um etwas zu sagen, und in diesem Moment kamen unsere Hunde um die Ecke geschossen. Wahrscheinlich waren sie auf den Feldern gewesen, denn normal begrüßten sie jedes Auto, das zu uns abbog, mit lautstarkem Gebell. Nero, ein gewaltiger Cane Corso mit tiefschwarzem Fell und Anführer des Rudels, sah den fremden Wagen zuerst, stemmte seine Pfoten in den Kies, um abzubremsen, und gleichzeitig begann er, wütend zu bellen. Er kam knapp neben mir zum Stehen und irgendwie schien er den Eindruck zu haben, ich würde bedroht, denn er ging sofort in Kampfstellung und knurrte die beiden Männer bedrohlich an.

Der Fahrer warf einen Blick auf seinen Schützling, schob seine Hand langsam in Richtung Innentasche, sah wieder auf den anderen Mann, der unmerklich den Kopf schüttelte, und ließ die Hand dann wieder sinken.

»Wer sind Sie? Und wieso parken Sie hier wie ein Idiot?« kreischte ich den Fahrer an. Daraufhin bellten auch die beiden anderen Hunde böse und während der Mann noch ganz betreten dreinschaute, bog mein Vater um die Ecke.

Er blieb wie angewurzelt stehen, starrte fassungslos auf den Wagen, musterte die beiden Männer, sah mich fragend an und stieß dann einen kurzen Pfiff aus und die Hunde verstummten und sammelten sich neben ihm.

Der kleinere der beiden Männer machte ein paar Schritte nach vorne, dabei schob er seinen Fahrer aus dem Weg und dann lächelte er und sagte:
»Guten Tag. Ich bin Orazio Abbate. Avvocato, aus Palermo. Kann ich bitte kurz mit Signor Vittorio Ravenna sprechen?«

6.

Der Anwalt und mein Vater waren ins Haus gegangen, der Fahrer stand betont lässig an den Wagen gelehnt da und hatte sich eine Zigarette angezündet. Die Hunde beäugten ihn misstrauisch aus sicherer Entfernung und ich schlenderte am Haus entlang und bog um die Ecke. Meine Ruhe war freilich nur gespielt. Kaum war ich außer Sicht, sprintete ich los zum Hintereingang. Ich streifte meine Schuhe ab und arbeitete mich dann auf Zehenspitzen vor, bis ich die nur angelehnte Türe des Wohnzimmers erreichte. Mein Vater und Orazio saßen am großen Tisch. Sie hatten keine Gläser vor sich, was bedeutete, mein Vater hatte dem Gast nichts angeboten. Etwas, das er normalerweise nicht mal bei seinem Erzfeind machen würde. Er musste also ahnen, dass dieser Anwalt nichts Gutes wollte.

»… und überhaupt, was genau soll mich das angehen!«, es war keine Frage, die mein Vater äußerte, er ließ es wie eine Feststellung klingen.

»Natürlich haben Sie da keinerlei Verpflichtungen, Signor Ravenna, natürlich nicht.« Die Stimme des Anwalts klang wie mit feinstem Olivenöl geschmiert. Er wollte etwas. Und er wollte es so sehr, dass er bereit war, mehr als höflich zu bleiben. Und ich wusste aus eigener Erfahrung, wie schwer einem das fällt. Wenn mein Vater sich gegen etwas sperrte, war das so, als würde man gegen eine Wand aus Beton rennen.

»Richten Sie ihm aus, ich habe keine Zeit. Nein, richten Sie ihm aus, für ihn würde ich nicht mal von hier bis zum Gartentor laufen!«

»Signor Ravenna! Bitte! Es ist nichts … Anrüchiges, was er von Ihnen verlangt. Er liegt im Sterben, er hat nicht mehr lange. Und er muss Sie sehen, er muss Ihnen etwas sagen. Bitte! Es ist so überaus wichtig für ihn.« Er ließ die Worte kurz im Raum hängen und

dann änderte sich seine Stimme plötzlich. Mit einem Mal war sie kalt und bestimmend und mir lief ein eiskalter Schauer über den Rücken, als er noch hinzufügte: »Und auch für Sie. Und Ihre Familie.« Er hatte es ganz leise gesagt und ich hielt den Atem an. Das war gar nicht gut. Mein Vater war auch Sizilianer. Und ihm mit etwas zu drohen, was seine Familie betreffen könnte, das war gar nicht clever.
Es blieb eine ganze Weile still im Zimmer, nur das Ticken der alten Uhr war zu hören und ich dachte zurück an den Tag, als ich schon einmal hier gestanden hatte, mit einem Gewehr in der Hand, und mir wurde plötzlich kalt und ich hielt es fast nicht mehr aus, in diese unglaubliche Stille hineinzulauschen.
»Verschwinden Sie!« Die Worte meines Vaters klangen wie Pistolenschüsse.
»Nun, wie Sie meinen«, damit erhob sich der Anwalt Abbate, ich hörte es daran, wie sich sein Stuhl über die Holzdielen schob.

Ich machte, das ich wegkam, auf keinen Fall wollte ich dabei erwischt werden, gelauscht zu haben. Ich schnappte mir meine Schuhe und lief ein Stück vom Haus weg, und kurze Zeit später brummte der schwere Motor auf und dann knirschten die dicken Räder über den Kies und bald verlor sich das Motorengeräusch in den Serpentinen der Hügel.

Kapitel 2

1.

Ich schreckte im Bett hoch und wusste für einen Moment nicht, wo ich war. Dann sah ich mich im Zimmer um und sank müde zurück in die Kissen. Der Raum war trist und abgewohnt. Ich war am Abend zuvor in Palermo angekommen und fand die Idee gut, mir ein schäbiges Hotel zu suchen, damit nicht gleich die halbe Stadt von meiner Ankunft erfuhr. Das Zimmer hatte einen Fliesenboden, der potthässlich war, das Bett mit Eisengestell hatte keinen Lattenrost, sondern nur ein Netz aus Metall. Bei jeder Bewegung quietschte und ächzte es und ich wollte mir gar nicht ausmalen, was meine Zimmernachbarn von mir dachten, weil ich mich die ganze Nacht unruhig in den Laken herumgewälzt hatte. Die Wände waren in einer undefinierbaren Farbe gestrichen, vermutlich irgendwann einmal in Sonnengelb, jetzt waren sie eher grau und hatten einen Schleier vom vielen Nikotin, das unzählige Gäste vor mir an die Wand geblasen hatten. Das Fenster mit seinem Holzrahmen war auch in die Jahre gekommen, der Lack blätterte überall ab und den Fensterläden fehlten ein paar Lamellen. Das Hotel war schäbig, seine Lage noch schäbiger. Die sechsspurige Straße direkt vor meinem Fenster war die ganze Nacht nicht zur Ruhe gekommen, der Verkehr hatte ohne Unterbrechung gedröhnt und dazu kam das aggressive Hupen der Autos und das Aufheulen der übertunten Motoren der unzähligen Motorräder und Vespas. Ich war immer wieder hochgeschreckt und hatte dann die Fenster geschlossen, nur um ein paar Minuten später fast zu ersticken, so heiß wurde es im

Zimmer. Dann war ich wieder aufgestanden, um etwas Luft hereinzulassen, die freilich auch nachts nicht wirklich abgekühlt war und zudem fürchterlich nach den Abgasen der Straße stank. Hier im Süden war es bereits jetzt, zu Beginn des Sommers, so heiß, wie es bei uns nicht mal im August werden würde. Ich liebte es zwar, wenn es heiß war, aber ich war es nicht gewohnt, dann in einer Stadt zu sein. Hier roch es auch nicht nach Meer, so wie ich es kannte, hier explodierten unzählige Gerüche ineinander, das war mir bereits am Abend zuvor aufgefallen, als ich mit offenem Verdeck von der Fähre gerollt und Richtung Stadt gefahren war.

Ich angelte mir eine Zigarette vom Nachttisch, grinste kurz in Richtung des "Rauchen verboten"-Schildes und blies den Rauch dann nachdenklich zu dem übrigen Nikotin an die Wand. Jetzt, hier in Palermo, war ich mir gar nicht mehr so sicher, ob die Idee herzukommen wirklich so gut gewesen war.
Nachdem der Avvocato Abbate unseren Hof verlassen hatte, versuchte ich, meinen Vater etwas darüber auszuhorchen, worum es bei dem Gespräch gegangen war. Aber, wie immer, blieb er verschlossen und sagte mir nur, all das habe nichts zu bedeuten und ich solle mir keine Gedanken mehr darüber machen.

Aber natürlich machte ich mir Gedanken und ich wurde fast verrückt darüber, weil ich zu keinem Ergebnis kam, was ich tun konnte. Ich hätte mit meiner Mutter sprechen können, aber da sie damals beide mit dem obskuren Besucher zugange gewesen waren, würde das wohl nichts bringen. Ich überlegte, meine Brüder anzurufen, ob die einen Rat wüssten, aber eigentlich hatte ich keine rechte Ahnung, was genau ich ihnen hätte erzählen sollen. Vielleicht war es wirklich das Beste, die Angelegenheit auf sich beruhen zu lassen, nicht mehr daran zu denken und darauf zu hoffen, dass sich alles von selbst erledigen würde. Eine "italienische Lösung", die meist gut funktionierte.

Etwa zwei Tage nach dem Besuch des Anwalts auf unserem Hof war ich in Ravenna unterwegs, um ein paar Dinge zu erledigen. Irgendwann hatte ich mich erschöpft in ein Café gesetzt, um mich mit einem Glas Weißwein und einem kleinen Aperitivo zu stärken. Ich drehte das Weinglas in meinen Händen und meine Gedanken waren irgendwo, als ein Mann an meinen Tisch trat. Es war der Anwalt Orazio Abbate, der mich wohl bereits zum zweiten Mal fragte, ob er sich kurz setzen dürfe. Ich nickte und deutete auf einen freien Stuhl, auf den er sich langsam und bedächtig niederließ.

Ich hatte meine riesige dunkle Sonnenbrille auf und obwohl es unhöflich war, nahm ich sie nicht ab. Ich sah mich kurz um, und tatsächlich, ein paar Meter weiter stand sein Fahrer. Er hatte sich an die Hausecke neben dem Café gelehnt, trug ebenfalls eine dunkle Brille und sein Blick wanderte ständig wachsam von unserem Tisch über alle anderen Gäste, ein Stück zur Straße und dann wieder zurück. Immer im gleichen Rhythmus, wie ein Roboter, der das Terrain scannte.

»Signora Ravenna, nicht wahr? Wir hatten kurz das Vergnügen.«

Ich hatte keine Ahnung, wo bei unserer letzten Begegnung das Vergnügen gelegen haben sollte, aber ich nickte, höflich jetzt, und sah ihn abwartend an.

Ein Kellner kam an unseren Tisch, Abbate machte jedoch nur eine kurze verneinende Geste mit dem Kopf und dann wandte er sich wieder mir zu:
»Sie wissen, worum es geht?«
Ich sah ihn lange an, überlegte, wie ich mich verhalten sollte, ob ich so tun sollte, als sei ich im Bilde, um so irgendwie an Informationen zu kommen. Aber das konnte auch schiefgehen und schließlich nahm ich meine Sonnenbrille doch ab, damit er meine Augen sehen konnte: »Ich habe keinen Schimmer!«
Ganz kurz machte er ein erstauntes Gesicht, aber er hatte sich sofort wieder unter Kontrolle: »Ach, kommen Sie!«
Ich blickte ihn eine ganze Weile nachdenklich an. »Hören Sie, ich weiß wirklich nicht, worum es geht, mein Vater hat nichts erzählt.«
»Dann reden Sie nochmals mit ihm. Stimmen Sie ihn um!« Er holte tief Luft: »Es ist überaus wichtig, dass er nach Palermo kommt und mit Signor Inzigniano redet. Überaus wichtig!«, fügte er nach einer kleinen Pause hinzu.
»Das ist aussichtslos. Hören Sie, ich habe versucht, mit ihm zu sprechen. Aber ich habe keine Möglichkeit, ihn umzustimmen. Keine!«
Wieder sah er mich eine Weile an. Dann erhob er sich halb und fixierte mich mit seinen grauen, kalten Augen: »Glauben Sie mir, Signora, es ist auch und gerade in Ihrem Interesse, dass Sie es schaffen!« Seine Stimme klang jetzt gar nicht mehr so geschmiert und schmeichelnd wie zu Beginn unseres Gesprächs. Mit den letzten Worten hatte er sich ganz erhoben und im gleichen Moment setzte sich auch sein Leibwächter in Bewegung. Einen Augenblick später hielt die

schwarze Limousine direkt vor dem Café und dann waren sie verschwunden.

Ich wusste nicht, was ich von all dem halten sollte. Aus der Vergangenheit meiner Eltern waren mir nur Bruchstücke bekannt. Sie hatten auf Sizilien gelebt, hatten Wein angebaut und dann waren sie hierher zurückgekehrt, als mein Onkel und mein Großvater verunglückten, und mein Vater hatte den Hof der Familie übernommen. Irgendwann, vor vielen Jahren, musste er mit diesem Carlos aneinandergeraten sein. Ich hatte ein Gespräch gehört, als eben dieser Carlos zu uns gekommen war und sich bedankte, wofür auch immer, und meinen Eltern irgendwelche Unterlagen übergeben hatte.

Die Worte »es ist überaus wichtig, auch und gerade für Sie« gingen mir nicht mehr aus dem Kopf. Was hatte ich damit zu tun? Und worum genau ging es hier? Carlos war ein Mafiaboss, das wusste ich aus einigen Zeitungsartikeln, die ich gefunden hatte. Und mein Vater hatte nichts mit so jemandem zu schaffen, das war mir ebenfalls klar. Zu feindselig war seine Haltung gewesen, als Carlos zu uns gekommen war. Und dieser Avvocato, dieser Orazio, nun, der roch nach Mafia-Anwalt. Wo waren wir da hineingeraten? Und was war zu tun? Und als ich irgendwann nicht mehr weiterkam mit meinen Überlegungen und mir sicher war, dass mein Vater nicht einlenken würde, hatte ich beschlossen, diesen Carlos selbst aufzusuchen, um zu erfahren, worum es ging. Meiner Familie hatte ich gesagt, ich würde ein paar Freunde besuchen und vielleicht auch in den Süden fahren, zum Grab meiner Tante, die hier in den Bergen gelebt hatte. Und dann hatte ich gepackt und war Hals über

Kopf aufgebrochen, um in Palermo einen Mafioso zu treffen.

2.

Die Sonne war inzwischen aufgegangen und knallte voll in mein Fenster und die Luft im Zimmer wurde unerträglich. An der Decke war ein großer Ventilator befestigt, aber der war kaputt und so ging ich ins Bad. Die Dusche entpuppte sich als Katastrophe, es dauerte endlos, bis ich mich unter den spärlichen Tropfen, die sie abgab, ein wenig frisch machen konnte. Ich brauchte ganz dringend ein Frühstück, denn meine Laune sank immer mehr.

Als ich das Hotel verließ, blinzelte ich kurz in die Sonne und mir wurde bewusst, wie dunkel und trist es drinnen gewesen war. Die Sonne stand bereits hoch und der Himmel hatte dieses satte Blau des Sommers. Gleich gegenüber dem Hotel war eine kleine Bar, dazu hätte ich jedoch die Straße überqueren müssen, es gab nur nirgends eine Ampel und der Verkehr war zu dicht, um einfach hinüberzulaufen. Ich zögerte kurz, dann wandte ich mich nach rechts und fand kurze Zeit später eine weitere Bar. Ich setzte mich an einen der Tische im Freien und freute mich darauf, endlich etwas Koffein zu bekommen, als ein Wagen vor mir auf der Straße hielt. Ein Mann stieg aus und ich traute meinen Augen kaum. Es war der Leibwächter des Anwalts. Wie neulich trug er wieder seinen schwarzen Anzug und seine dunkle Sonnenbrille und als er hier, mitten in Palermo, aus dem schweren schwarzen Wagen stieg, erfüllte er so gut wie jedes Klischee, das man je in einem Mafia-Film gesehen haben konnte. Er kam mit festen Schritten auf meinen Tisch zu und hielt sich nicht lange mit Höflichkeiten auf: »Signora Ravenna? Dottore Abbate möchte mit Ihnen sprechen. Bitte kommen Sie!« Bei ihm klang es allerdings nicht wie eine Bitte, sondern eher nach "beweg dich, oder du landest als Haifutter im Meer." Gut, vermutlich drehten nur meine Nerven etwas durch und er hatte es gar nicht so schroff gemeint, aber da ich ja ohnehin hergekommen war, um das Gespräch mit dem Anwalt fortzusetzen, nickte ich, stand auf und folgte ihm zum Wagen.

Die Fahrt dauerte nur ein paar Minuten und dann hielten wir vor einer riesigen Villa, die mindestens wie ein Botschaftsgebäude aussah, und wiederum etwas später saß ich auf einer imposanten Couch im Wartebereich des Anwalts Orazio Abbate.

Meine Laune war furchtbar. Bisher hatte ich immer noch kein Frühstück gehabt - und noch viel schlimmer - keinen caffè. Ich war alleine, aber es gab eine Espressomaschine. Es war eine dieser ganz einfachen, die nichts weiter taten, als jede Menge Espresso auszugeben. Und genau den brauchte ich ganz dringend. Ich nahm mir leicht angewidert einen der Plastikbecher, die ich nicht leiden kann, weil sie aussehen wie Urin-Becher, und als die Maschine fertig war, sah ich, dass es dazu auch noch diese abgepackten Plastiklöffel gab, und natürlich war auch der Zucker nochmal einzeln portioniert. Diese Kaffeemaschine war ein gigantischer Müllproduzent. Aber Müll ist ja ein sehr einträgliches Geschäft und fest in der Hand des organisierten Verbrechens und da die meisten Mandanten hier vermutlich aus dieser

Branche waren, bemühte sich Orazio augenscheinlich, tatkräftig am Müllberg mitzuarbeiten.

Ich trank den ersten Espresso hastig, bereitete mir einen zweiten zu, den ich etwas langsamer genoss, und dann machte ich mir noch einen, ganz einfach, weil mir langweilig war. Der Wunsch nach einer Zigarette wurde immer stärker, aber natürlich war Rauchen hier unter Strafe gesetzlich verboten. Als jedoch immer mehr Zeit verstrich und ich immer unruhiger wurde, dachte ich, hier sind genug Anwälte, die werden mich schon raushauen, wenn ich erwischt werde, und so funktionierte ich den leeren Kaffeebecher zum Aschenbecher um und rauchte eine Zigarette.
Nachdem knapp eine Stunde vergangen war und ich fast alle Zeitschriften durchgeblättert hatte, wurde ich langsam wütend. »Die halten dich hin, die wollen dich weichkochen«, sagte ich mehr zu mir selbst. Es reichte. Ich machte mir einen weiteren Kaffee und lief einen Flur entlang. Ein junges Mädchen kam mir entgegen, sie war sicher eine Praktikantin. »Sagen Sie, wo finde ich das Büro von Dottore Abbate? Er wollte einen caffè.« Ich hob leicht den Kaffeebecher zum Beweis und sie sah mich nur flüchtig an und deutete dann auf eine der Türen.
Kurz überlegte ich, ob ich klopfen sollte, aber dann stieß ich die Türe energisch auf und wollte gerade ansetzen, etwas zu sagen. Aber ich war nicht in Abbates Büro, ich war erst in seinem Vorzimmer und die beiden Sekretärinnen, die dort saßen, blickten erstaunt auf.
»Ist er da drin?«, ich ließ die Frage wie einen Peitschenhieb klingen und noch bevor ich eine Antwort bekam, stieß ich die nächste Türe auf und

dort saß der Anwalt, hatte ein Hörnchen vor sich und eine Tasse Cappuccino und las Zeitung.

3.

Ich baute mich vor seinem Schreibtisch auf und funkelte ihn wütend an: »Wie lange gedenken Sie, mich noch warten zu lassen?«

Er blickte ganz gelassen, dann faltete er die Zeitung sorgfältig zusammen, legte sie auf den Tisch vor sich hin und nahm seine Lesebrille ab. Er tat das alles so affektiert, so überheblich, dass mir vor Wut fast schwarz vor Augen wurde.

Er lehnte sich in seinem gewaltigen Schreibtischstuhl zurück, lächelte charmant und sagte dann mit seiner wieder wie mit Öl geschmierten Stimme: »Nun, Signora Ravenna, was kann ich für Sie tun?«

Ich war fassungslos. Ich musste mehrmals Luft holen, bis ich endlich sprechen konnte:

»Mein Vater ist unabkömmlich. Ich bin hier, um stattdessen mit Signor Carlos Inzigniano zu reden.«

Er schmunzelte, nahm ein Zigarettenetui aus seiner Innentasche und steckte sich einen dünnen Zigarillo an. Er sog den Rauch genießerisch ein, dann sah er mich wieder an: »Signora. Ich bitte Sie! Signor Inzigniano hat sicher etwas anderes zu tun, als mit kleinen Mädchen zu sprechen.«

Ich starrte ihn an. Eine ganze Weile. Hatte er mich tatsächlich gerade "kleines Mädchen" genannt? Ich musste wieder mehrmals nach Atem ringen, bevor ich weitersprechen konnte: »Was hat er denn anderes zu tun? Ich dachte, er stirbt?«

Ich konnte selbst nicht glauben, was ich da gerade gesagt hatte, aber ich war so wütend auf diesen

Anwalt und diese Stadt und Carlos, dass es mir einfach so herausgerutscht war.
Orazio allerdings beeindruckte mein Satz gar nicht. Er lächelte wieder, blies Rauch in die Luft und sagte dann betont lässig: »Eben. Und genau deswegen kann er seine knappe Zeit nicht mit Mädchen wie Ihnen verschwenden. Sorgen Sie dafür, dass Ihr Vater endlich hier auftaucht!«
Den letzten Satz hatte er kalt und brutal gesagt. Alles Schmieröl war aus seiner Stimme verschwunden. Dazu sah er mich durchdringend an.
Aber ich erwiderte seinen Blick. Mir reichte es jetzt. Auch wenn meine Familie sizilianische Wurzeln hatte, so waren doch alle recht besonnen und bedächtig. Ich war diejenige, die aus der Reihe schlug. Meine Haut war etwas dunkler, mein Temperament war schon fast legendär und selbst mein Vater, der ein echter Hitzkopf sein konnte, sagte immer, ich hätte von allen scheinbar die meisten Gene ganz aus dem Süden abbekommen. Und so beugte ich mich nach vorne, ganz weit über seinen Schreibtisch, und stützte mich mit den Händen ab. Mein Gesicht war ganz dicht vor seinem und ich konnte sehen, wie eines seiner Augen ganz leicht zu zucken begann. Ich fixierte ihn einen Moment und dann sagte ich ganz ruhig, ganz kalt:
»Jetzt passen Sie gut auf, Signor Abbate. Sagen Sie Carlos, Chiara Ravenna ist hier, um mit ihm zu sprechen. Sagen Sie ihm, mein Vater wird nicht kommen. Sagen Sie ihm, er soll sich zurückerinnern an den Tag, als er bei uns im Haus war. Er saß damals auf dem gleichen Stuhl wie Sie neulich. Sagen Sie ihm, ich war in der Diele und habe zugehört. Sagen Sie ihm, dass ich ein Großkaliber-Gewehr in der Hand hielt. Und, sagen Sie ihm, dass ich es

damals ohne zu zögern benutzt hätte, wenn meine Familie in Gefahr gewesen wäre. Sagen Sie ihm das alles, Signor Abbate. Sagen Sie ihm, die Sizilianerin aus unserer Familie ist hier. Sagen Sie ihm, ich werde unsere Angelegenheiten regeln!«

Ich fixierte ihn noch einen Moment scharf, dann richtete ich mich auf, schob meine Sonnenbrille aus dem Haar vor meine Augen und griff in meine Handtasche. Er hatte mir die ganze Zeit zugehört, ohne mich zu unterbrechen, und als ich in meine Tasche fasste, lehnte er sich instinktiv etwas zurück, als befürchtete er, ich würde eine Waffe herausziehen. Aber ich hatte nur nach einer meiner Visitenkarten gegriffen und die knallte ich ihm mit voller Wucht auf seine polierte Tischplatte.
»Unter dieser Nummer können Sie mich jederzeit erreichen. Arrangieren Sie ein Treffen! Übermorgen reise ich ab!« Damit drehte ich mich um und verließ mit energischen Schritten sein Büro, ohne nochmals zurückzublicken.

Wieder im Freien angekommen, lief ich ein paar Meter bis zur ersten Querstraße. Dort lehnte ich mich an eine Mauer und versuchte, zu Atem zu kommen. Meine Knie zitterten so sehr, dass ich kaum gerade stehen konnte, und erst als es meinem Körper gelang, das viele Adrenalin in meinen Adern abzubauen, fing sich auch mein Puls langsam wieder und ich machte mich auf den Weg, um irgendwo ein Taxi zu finden.

4.

Das Taxi hatte mich vor dem Hotel abgesetzt und ich wollte mich kurz frisch machen, aber im Zimmer war es so stickig und noch dazu fiel mir die marode Dusche wieder ein, die mich am Morgen so genervt hatte. So machte ich gleich wieder kehrt, um mir ein Restaurant zum Mittagessen zu suchen.

Diesmal entschied ich mich, nach links zu gehen, in Richtung Altstadt. Es war heiß, die Luft in der Stadt war zum Schneiden und als ich die kleinen Gassen erreichte, war ich völlig durchgeschwitzt. Zumindest standen die Häuser hier so eng, dass die Straße im Schatten lag, doch die Luft wurde dadurch trotzdem nicht wirklich kühler. Ich lief an unzähligen Lokalen vorbei, aber sie gefielen mir alle nicht. Es waren die klassischen Touristen-Kaschemmen mit horrenden Preisen, arrogantem Service und so durchoptimiert, dass man jeden Tisch während der Hauptzeiten möglichst oft verkaufen konnte. Ich wusste genau, was ich suchte, aber lange schien es, ich würde nichts Passendes finden. Immer wieder kreuzten die Gassen größere Straßen, musste ich Plätze überqueren, um mich dann wieder in immer enger werdende Häuserschluchten vorzuarbeiten. Und schließlich fand ich es! Fast wäre ich vorbeigelaufen, so winzig war das Lokal. Es gab nur eine unscheinbare Türe und daneben, vor einem fast blinden Schaufenster, stand ein Tisch mit zwei Stühlen auf einem Stück Kunstrasen. Der Tisch war mit einer Schnur abgesperrt und ein Schild wies darauf hin, dass es sich nur um Deko handle und man sich bitte nicht setzen solle. Das Lokal hatte weder genug Fläche noch eine Lizenz für Plätze im Freien. Der Name gefiel mir, Speisekarte hing keine aus, nur eine Schiefertafel, die auf einem der beiden Stühle stand, versprach mit Kreide hingeschriebene Leckereien vom Feinsten. Um genau zu sein, es gab gerade drei

Gerichte, die darauf standen, und vermutlich würde es tatsächlich nicht mehr Auswahl geben, aber das war mir egal. Ich stieß die Türe auf und stand sofort mitten im Gastraum. Erkennen konnte ich fast nichts, denn es war schummrig, und erst als ich meine Sonnenbrille abnahm, konnte ich mich orientieren. Es gab fünf oder sechs Tische, der Boden war mit alten Terrakottafliesen gedeckt, die Wände in irgendeinem Grau gestrichen. Ein paar extrem kitschige Ölgemälde hingen an den Wänden, keine Ahnung, wer irgendwann einmal der Meinung gewesen war, dass er damit entscheidend zur Dekoration beitragen müsste. Etwas weiter hinten sah ich eine kleine Theke, darauf stand die Kasse und dort lagen ein paar Visitenkarten aus - mehr passte auch nicht darauf.
Es roch umwerfend gut aus der Küche, von der ich mir gar nicht ausmalen wollte, wie klein sie sein musste, und bis auf einen Tisch waren alle Plätze voll besetzt.
Ich habe ja schon oft aufgezählt, nach welchen Kriterien ich ein Lokal aussuche. Dieses hier erfüllte alles! Und selbst die Gäste waren perfekt. An zwei Tischen aßen Geschäftsleute, sie trugen Anzüge und wirkten trotz ihrer sicher hektischen Jobs entspannt, unterhielten sich angeregt und man merkte, sie kamen oft her, hatten ihre Büros sicher um die Ecke und bekamen hier ein Essen, das der Wirt auch seiner eigenen Familie kochte. An den beiden anderen Tischen aßen ein paar Ältere. Sie waren lässig gekleidet und vermutlich kamen sie hierher, seit es das Lokal gab. Ich wartete, bis der Kellner mich wahrnahm, und nachdem er mich einen kurzen Moment gemustert hatte, hob er nur eine Augenbraue. Ich nickte, kaum wahrnehmbar, und dann

machte er einen kurzen Schwenk mit den Augen, zu dem einzig freien Platz, an dem ich mich sodann niederließ. Die Augenbraue zu heben war seine Frage gewesen, ob ich allein sei und ob ich mir darüber klar war, dass wir hier nicht in einem klassischen Lokal mit ellenlanger Speiseauswahl und extra Weinkarte waren. Es dauerte nicht lange, dann kam er zu mir an den Tisch und brachte mir zwei Karaffen Wasser, eine mit und eine ohne Kohlensäure. Wie erwartet, beschränkte sich die Weinauswahl nur auf die Farbe, und ob der Hitze draußen entschied ich mich für Weißwein, der in einer tönernen Karaffe gebracht wurde, an der, wegen der hohen Luftfeuchtigkeit im Lokal, außen das Kondenswasser in Strömen herunterlief. Ich nahm einen großen Schluck, lehnte mich zurück und sah ihn erwartungsvoll an. Auch wenn es nur drei Gerichte zur Auswahl gab, dauerte die Bestellung eine ganze Weile, denn er erklärte mir zum Rind, dem Huhn und den Nudeln genau, wie sie zubereitet sein würden und was er mir an Beilagen dazu machen könne, und ich genoss es, ihm einfach zuzuhören. Ich entschied mich für das Huhn aus dem Ofen, das auch am besten zu meinem Weißwein harmonierte, und als er mir schließlich den Teller brachte, senkte ich den Kopf darüber, um alle Gewürze und Nuancen tief in mich aufzunehmen.

Das Essen war ein Traum und nachdem ich noch ein vom Inhaber liebevoll zubereitetes Tiramisu, den üblichen caffè und einen kleinen Limoncello bekommen hatte, war ich so zufrieden und müde, dass ich am liebsten einfach bis zum Abendessen sitzen geblieben wäre.

Schließlich schleppte ich mich an die Theke, um die Rechnung zu bezahlen, nahm mir noch eine Visitenkarte und dann trat ich durch den Vorhang, der innen an der Türe hing, und inzwischen war es so heiß geworden, dass es sich anfühlte, als laufe ich gegen die Brandschutztüre der Hölle.

5.

Ich setzte meine Sonnenbrille auf und brauchte dennoch ein paar Sekunden, bis sich meine Augen an das gleißende Sonnenlicht gewöhnt hatten und ich wieder etwas sehen konnte.
Ich hatte längst den Überblick verloren, welche Gassen und Straßen ich genommen hatte, bis ich das Lokal vorhin fand, aber ich wusste die grobe Richtung, in der mein Hotel liegen musste, und so entschied ich mich, einfach nach links zu gehen, weil der Weg so vermeintlich etwas kürzer schien.
Nach ein paar Metern kam ich an eine Brücke, die ein ausgetrocknetes Flussbett überspannte. Ich lehnte mich müde an das Geländer und schloss kurz die Augen. Das Zusammentreffen mit diesem Anwalt, vorhin in der Kanzlei, hatte mich mehr ausgelaugt, als ich bereit war, mir einzugestehen. Auch wenn ich so cool getan hatte, mein Herz hatte so sehr geklopft und mein Puls war so heftig gewesen, dass es mir fast die Luft abgedrückt hatte. Einerseits wollte ich unbedingt wissen, was Inzigniano von meinem Vater wollte. Andererseits hoffte ich fast, er würde sich nicht melden, es würde kein Treffen geben und ich könnte einfach wieder nach Hause fahren und das alles hier vergessen.
Ich hörte ein leises Rascheln direkt neben mir und öffnete die Augen. Ein Mann stand, wie ich, am Geländer, sehr dicht bei mir - fast zu dicht - und musterte mich. Er war alt, aber ich konnte unmöglich sein genaues Alter schätzen. Seine Augen waren klar

und ernst und blickten mich unter seinen buschigen weißen Brauen durchdringend an. Sein Gesicht war gebräunt und faltig und auf einer Wange hatte er eine Narbe. Sie war nur klein und wohl auch nicht frisch, aber man erkannte, dass es eine recht tiefe Verletzung gewesen sein musste. Er trug eine Leinenhose und ein Hemd, das er nicht in die Hose gesteckt hatte, wohl um seinen Bauch etwas zu kaschieren. Irgendwie war er mir ein wenig unheimlich und ich wollte mich wegdrehen und weitergehen, aber seine Worte hielten mich zurück:

»Signora Ravenna? Haben Sie einen Moment?«

Ich hielt mitten in der Bewegung inne und starrte ihn an. Was war das nur, dass mich in letzter Zeit ständig an jeder Ecke irgendjemand abfing und genau wusste, wer ich war?

»Und Sie sind?« Ich ließ es arrogant klingen, um meine Aufregung zu verbergen.

Wieder sah er mich mit seinem angsteinflößenden Blick an. Ganz ruhig - aber das machte es umso bedrohlicher.

Sollte Orazio Abbate so schnell schon ein Treffen für mich arrangiert haben? Würde mich dieser Mann direkt zu Carlos Inzigniano bringen? Ich war völlig überfordert. Das war mir zu früh, ich war nicht vorbereitet, vollgegessen, müde. Und ich hatte Angst!

»Wer sind Sie?« Diesmal klang ich gar nicht mehr arrogant. Im Gegenteil, ich musste alle Energie aufwenden, damit meine Stimme nicht zitterte.

Er starrte mich eine weitere Minute einfach an, dann zückte er so etwas wie eine Marke, die in eine Brieftasche genäht war:

»Commissario Federico Borrata.« Er steckte die Brieftasche wieder ein und fügte hinzu: »Abteilung

Organisiertes Verbrechen. Wir sollten uns unterhalten.«

6.

Ich hatte es langsam so satt, mich dauernd mit jemandem unterhalten zu sollen. Und dieser Kommissar machte mir mit seinem Auftauchen deutlich, dass die ganze Geschichte wohl gar nicht so harmlos war, wie ich anfangs geglaubt hatte. Scheinbar wusste die ganze Stadt, dass ich hier war. Nur, warum ich hier war, das wusste selbst ich bislang nicht.

Nachdem er seine Marke wieder weggepackt hatte, waren wir ein paar Schritte gelaufen, bis zu einer Bank, die etwas zurückgesetzt vom Weg stand. Da saßen wir dann, zunächst schweigend, nebeneinander, und als ich die Stille nicht mehr ertrug, hatte ich mehrmals durchgeatmet und dann mit fester Stimme gefragt:
»Was kann ich für Sie tun, Commissario?«

Er zeigte keinerlei Regung und ich dachte schon, er hätte mich gar nicht gehört, aber dann drehte er den Kopf zur Seite, sah mich zum ersten Mal direkt an, seit wir uns gesetzt hatten:
»Als ich ein kleiner Junge war, gab es in unserem Viertel keine Jobs. Und unsere Eltern interessierten sich nicht sehr dafür, was wir Kinder machten. Ob wir zur Schule gingen, oder wo wir uns herumtrieben. Sie hatten genug damit zu tun, Essen auf den Tisch zu bringen.« Er hielt kurz inne und starrte einen Moment auf irgendeinen fernen Punkt. Dann zog er eine Schachtel mit Zigarillos aus seiner

Hemdtasche, zündete sich eines davon an, blies den Rauch aus und sprach weiter:
»Die meisten von uns lernten sehr früh, wie man sich durchschlägt, wo etwas zu holen ist. Nichts Besonderes, sie klauten ein bisschen Obst hier, ein paar Brote dort und ab und zu mal ein Huhn von einem der Gehöfte vor der Stadt. Aber ein paar wenigen genügte das nicht, sie wollten mehr, schon als sie noch klein waren, wollten sie alles, was sie nur kriegen konnten. Einer aus meiner Klasse war so einer. Er nahm sich einfach alles, was er wollte. Die neuen Schuhe, die man alle heiligen Zeiten bekam, den Fußball, den man zum Geburtstag bekommen hatte, die paar Lire, wenn man mal etwas Geld in der Tasche hatte. Und wer nicht freiwillig mit seinem Besitz herausrückte, der wurde von seiner Bande zusammengeschlagen, nach der Schule, irgendwo auf einer einsamen Wiese.«
Wieder sah er eine Weile auf einen imaginären Punkt in der Ferne, dann ging ein kurzes Schütteln durch seinen Körper, kaum wahrnehmbar, aber ich hatte es bemerkt, so, als ließen ihn diese Gedanken noch immer nicht zur Ruhe kommen. Er atmete vernehmlich aus, dann sprach er weiter:
»Einer dieser Bastarde, die sich so benahmen, saß in meiner Klasse zwei Reihen hinter mir. Er ging nicht allzu lange mit mir auf die gleiche Schule, denn sie warfen ihn irgendwann einfach hinaus, als sie merkten, dass sie nicht mit ihm fertig werden konnten. Zwei Tage später brannte die ganze Schule ab, das Hausmeisterehepaar kam dabei ums Leben. Man hat den Brandstifter nie gefasst. Aber alle wussten, dass er es gewesen war, aus Rache, dass sie ihm seine Einnahmequelle genommen hatten. Denn die Schule war für ihn nichts anderes. Aber er lernte

schnell, dass Schüler gar keine lohnenden Opfer waren. Und es dauerte nicht lange, da kopierte er sein System. Zuerst auf unser Viertel, dann auf die halbe Stadt. Er nahm sich weiterhin, was er wollte. Ich glaube Sie kennen ihn. Sein Name ist Carlos. Carlos Inzigniano.«

Ich schluckte mehrmals. Die Geschichte hatte mich mitgenommen, auch wenn ich ja nun keine Freundin von Carlos war, so verstand ich langsam, was ihn umtrieb. Für ihn war ich eine Fremde in der Stadt, die irgendetwas mit Carlos zu tun hatte. Und ganz sicher wollte er herausfinden, was das war.
Er hatte sein Zigarillo fertig geraucht und ließ es einfach fallen, um es dann sorgfältig auszutreten. Dann sah er mich wieder an:
»Ich weiß nicht, was Sie mit Carlos zu tun haben, und warum Sie sich mit seinen Kontaktleuten hier in der Stadt treffen. Aber ich werde Sie im Auge behalten!«
Noch immer wusste ich nicht, was ich sagen sollte. Jetzt stand ich also auch noch unter Polizeibeobachtung, dabei hatte ich noch nicht mal den Hauch einer Ahnung, warum ich eigentlich hier war. Seine Worte gingen mir durch den Kopf und plötzlich stutzte ich. Carlos war doch schon weit über siebzig. Wenn der Commissario mit ihm in der gleichen Klasse gewesen war, dann …
»Commissario, gestatten Sie mir eine Frage. Sind Sie noch im Dienst?« Ich sah ihn triumphierend an, da hatte er sich doch tatsächlich als Polizist ausgegeben, dabei war er vermutlich nur ein Rentner, hatte Langeweile oder konnte sich nicht mit seinem Ruhestand abfinden. Also alles halb so wild. Von wegen, ich würde unter Polizeibeobachtung stehen.

Er sah mich wieder durchdringend an, und dann machte er meine Überlegungen zunichte:
»Glauben Sie mir, wenn Sie einmal gegen sie kämpfen, kämpfen sie immer gegen sie. Es gibt kein Unentschieden. Und wie damals gibt es auch heute nur zwei Möglichkeiten. Man ist Teil von ihnen oder man bekämpft sie. Stellen Sie sich auf die richtige Seite, Signora. Stellen Sie sich auf die richtige Seite!«
Damit sprang er auf, nickte mir kurz zu und war im nächsten Moment aus meinem Blickfeld verschwunden.

7.

Ich lag nackt auf dem Bett in meinem Hotel. Der Ventilator an der Decke lief jetzt, ich war darauf gekommen, in den Sicherungskasten zu schauen, und tatsächlich musste ich dort nur den Schalter umlegen. Die großen Flügel drehten sich langsam und schaufelten, was auch immer, sinnlos vor sich hin. Es war unerträglich heiß und schwül und ich hatte das Gefühl, am Bett festzukleben. Ich starrte so lange auf den Ventilator, bis mir leicht schwindlig wurde. Dann setzte ich mich mit einem Ruck auf. Zum hundertsten Mal sah ich auf mein Handy, ob ich eine Nachricht hatte. Wenn sich Carlos nicht melden würde, dann musste ich bis übermorgen hier herumsitzen. Bei dem Gedanken, noch einen weiteren Tag in diesem Loch zu verbringen, wurde mir übel. War ich eigentlich komplett bescheuert? Ich hatte mir das vermutlich widerlichste Hotel ausgesucht und alles in bar gezahlt, einen falschen Namen angegeben und gesagt, ich müsse meinen Pass erst im Koffer suchen. Und trotzdem hatte jeder hier in dieser Scheißstadt gewusst, wann ich wo zu finden

war. Es reichte! Ich stopfte meine Sachen hastig in den Koffer, versuchte nochmals, mich etwas frisch zu machen, und drei Schweißausbrüche später saß ich in meinem Wagen, hatte den Motor an und die Klimaanlage voll aufgedreht. Ich hatte das Zimmer im Voraus bezahlt, also brauchte ich mich nicht abzumelden, sondern war in einem Moment, in dem die Rezeption unbesetzt war, schnell nach draußen geschlüpft.
Jetzt suchte ich in meinem Handy nach Hotels in der Stadt. Und zwar nach Hotels, die diese Bezeichnung auch verdienten.

Eine Stunde später saß ich wieder auf einem Hotelbett. Eingehüllt in einen flauschigen Bademantel, frisch geduscht und nicht mehr schwitzend. Die Klimaanlage surrte leise vor sich hin und obwohl ich diese Dinger eigentlich nicht leiden kann und normal auch nicht brauche, war ich doch froh darüber, denn es war so tropisch schwül, dass ich ansonsten dauernd in Schweiß gebadet wäre.
Der Zimmerservice hatte mir eine Flasche Weißwein gebracht, stilvoll in einem Eiskübel, und dazu ein paar kleine Snacks. Rauchen konnte ich auf der großen Terrasse, die zum Zimmer gehörte, und auf der mir der Blick bis hinunter aufs Meer jeweils die paar Minuten versüßte, wenn ich gedankenverloren den Rauch meiner Zigarette in den Himmel blies.

Ich hatte diesmal regulär eingecheckt, mit Ausweis und Kreditkarte. Was hatte mich nur geritten, hier so eine Undercover-Nummer abziehen zu wollen? Klar, dass jeder dachte, ich sei selbst eine Kriminelle, wenn ich mich so verhielt.

Ich sah träge auf die Uhr, ich hatte mir hier im Hotel auch gleich einen Tisch zum Abendessen reservieren lassen. Mein Bedarf durch die Stadt zu irren, war für heute gedeckt. Wenn ich nur endlich eine Nachricht von Carlos bekäme, klären könnte, worum es eigentlich ging, und dann nach Hause durfte, zurück in mein Leben, weg von diesen komischen Menschen hier, diesem schleimigen Anwalt, dem seltsamen Polizisten, den Leibwächtern und was weiß ich noch allem, was da noch an Überraschungen warten mochte.

Ich hatte die Flasche Wein langsam, aber stetig geleert und mir war nach etwas Kaffee. Und obwohl das Zimmer schön war, erdrückte es mich plötzlich, dieses Alleinsein, diese Warterei, und so machte ich mich fertig und ging viel zu früh hinunter in die Lobby, um vor dem Abendessen noch einen caffè zu bekommen. Und vielleicht noch einen weiteren Aperitivo, um meine Nerven etwas zu beruhigen.

8.

Die Lobby war - nun, ich suchte kurz nach dem richtigen Wort - ja, gediegen. Gediegen traf es am besten. Gegenüber des Eingangs war die imposante Rezeption mit insgesamt vier Schaltern, die linke Seite war mit schweren Sesseln und Sofas ausgestattet und von hier konnte man auch durch raumhohe Terrassentüren hinaustreten. Dort gab es ebenfalls Tische und dazu einen grandiosen Blick über die schon jetzt karg vertrocknete Landschaft und das Meer. Auf der rechten Seite befand sich die gewaltige Bar. Drei Barkeeper waren im Einsatz und nachdem ich an die schwüle Hitze draußen dachte, entschied ich mich, drinnen zu bleiben, und setzte mich auf einen der Barhocker, ganz außen, wo ich im Halbdunkel saß und das Kommen und Gehen der anderen Gäste gut im Blick hatte.

Ich bestellte mir einen Espresso und ein Glas Wasser, um den Weißwein etwas abzubauen, legte mein Handy vor mich auf die Theke und während ich an dem glühend heißen caffè nippte, sah ich, ohne groß darüber nachzudenken, dem Treiben in der Halle zu.

Der Barista sah ab und zu nach mir und schließlich deutete er auf die Tasse und ich nickte, und als er mir eine neue hinstellte, setzte er an, etwas zu sagen, aber dann merkte er wohl, dass ich nicht reden wollte und so zuckte er mit den Schultern und polierte weiter an seiner Kaffeemaschine und seiner Bar herum, wohl in dem Versuch, allem noch ein Quentchen mehr an Hochglanz zu entlocken.

Ich hatte meinen Tisch für einundzwanzig Uhr dreißig reserviert, also für ein eher frühes Abendessen, aber trotzdem galt es noch fast eineinhalb Stunden herumbringen. Ich ging nach draußen, um eine Zigarette zu rauchen, klickte ein paar Anrufe von Freunden einfach weg, ließ das Handy endlos surren, bis sich die Mailbox anschaltete, als meine Eltern anriefen, ging wieder rauchen und dann aus lauter Langeweile auf die Toilette, nur um mir die Hände zu waschen, und dann saß ich wieder an der Bar. Immer noch fast eine Stunde. Die Zeit verging überhaupt nicht. Ich bestellte mir einen Campari Soda mit viel Eis, damit er lange halten würde, und nippte von Zeit zu Zeit daran. Ich hasste es zu warten. Langsam wurde ich richtig sauer. Was verdammt war so schwer daran, sich bei mir zu melden, mir zu sagen, was sie von meinem Vater wollten, damit ich endlich abreisen konnte? Ich nahm einen großen Schluck aus meinem Glas, um den Ärger runterzuspülen, und knallte es dann heftig auf den Tresen, was mir einen erstaunten Blick des Barkeepers einbrachte. Ich bin nicht sehr geduldig. Und wenn mich etwas nervt, dann neige ich schnell dazu, ziemlich wütend zu werden und das meine Umgebung auch spüren zu lassen.

Ich überlegte gerade, ob ich noch einen Campari bestellen sollte, als sich am anderen Ende der Bar ein junger Mann niederließ. Er war auffallend gut gekleidet und noch während er sich setzte, ging sein Blick durch die gesamte Hotelhalle, ganz so, als hielte er nach seinem Date Ausschau. Dann sah er kurz in meine Richtung und lächelte mir zu, was ich mit einem giftigen Blick quittierte. Fehlte mir gerade noch, dass so ein Casanova dachte, er könne mich hier in der Bar aufreißen, nur weil ich alleine saß. Ich drehte mich zur Seite und zeigte ihm nur noch mein Profil, wurde aber das Gefühl nicht los, immer wieder seine Blicke auf mir zu spüren.

Irgendwann war die Stunde endlich vorbei und ich machte mich auf den Weg ins Restaurant. Ich hatte wahnsinnigen Hunger und war so genervt vom Herumsitzen, dass ich nur endlich an meinen Tisch wollte, um durch das Abendessen etwas Abwechslung zu finden.

Ein Kellner am Eingang nahm mich in Empfang, blickte kurz in sein riesiges Gästebuch, nickte und bat einen weiteren Kollegen, mich zu meinem Tisch zu geleiten. Ich folgte ihm durch den gewaltigen Raum, der vom Stil her gut zur Lobby passte. Die Tische waren mit schwerem Damast gedeckt und die Stühle dick mit farblich passendem Samt gepolstert. Etwas zu viele Rüschen und Schnörkel für meinen Geschmack, aber, objektiv betrachtet, doch insgesamt alles sehr aufwändig und stimmig. Die raumhohen Terrassentüren wurden von dunkelroten Vorhängen eingerahmt, in die Goldfäden eingewebt waren, von den Decken spendeten faszinierend schöne Kronleuchter ein angenehm gedämpftes Licht. Die Böden waren mit Teppichen belegt, die die gesamte Geräuschkulisse filterten und die Gespräche der Gäste auf ein angenehmes Murmeln reduzierten. Ich war nicht wirklich angemessen gekleidet für diesen Ort, aber es war mir egal. Ich hatte ja auch keine lebensentscheidende Verabredung oder irgendein Business-Dinner, sondern war nur ein Gast, der heute nicht mehr nach draußen wollte und einfach Hunger hatte.

Wir waren fast an meinem Tisch, es musste meiner sein, denn es gab nur diesen einen im gesamtem Lokal, der nicht besetzt war, als aus der anderen Richtung ebenfalls ein Kellner auftauchte, der, so wie der mir zugeteilte, auch einen Gast hinter sich her lotste.

Wir waren einen kleinen Augenblick eher am Ziel und mein Kellner hatte sich gerade zu mir umgedreht:
»Bitte, Signora, Ihr Tisch.« Er zog einen Stuhl etwas heraus, damit ich Platz nehmen konnte, als das zweite Gespann aus Gast und Kellner den Tisch erreichte.

Der gegnerische Kellner zog die Augenbrauen hoch, lief rot an und fauchte dann:
»Guiseppe, was machst du da? Das ist der Tisch dieses Herrn hier!«
»Nein, Luigi, da irrst du dich. Die Signora hat reserviert!«

Die beiden fingen eine hitzige Diskussion an, wem der Tisch denn nun zustünde. Ich musterte unauffällig den anderen Gast. Es war der Mann von der Bar, der sich so eifrig in der Halle umgesehen hatte, und dem ich mehrere sehr giftige Blicke zugeworfen hatte. Das war ja reizend. Und jetzt wollte der blöde Schnösel mir meinen Tisch streitig machen? Ich begann innerlich zu kochen. Ich hatte wahnsinnigen Hunger, und wenn ich Hunger habe, ist wirklich nicht mit mir zu spaßen. Aber scheinbar hatte sich das noch nicht bis Sizilien herumgesprochen, denn die beiden Kellner wurden immer lauter und langsam drehten sich die ersten Gäste nach dem Szenario um. Ich wäre am liebsten im Erdboden versunken. Ich verstand es wirklich, auf absolut jede dämliche Art hier in Palermo auf mich aufmerksam zu machen.

Es reichte. Ich wollte gerade kehrtmachen, einfach verschwinden und mich in das nächstbeste Lokal flüchten, als der Manager des Restaurants auftauchte. Ein stattlicher Mann mit einem großen Schnauzbart, einem sehr dicken Bauch, der fast seinen Smoking sprengte, und einer, wie nicht zu überhören war, sehr lauten Stimme. Er stauchte die beiden Kellner zusammen und befahl ihnen dann mit einem kurzen Wedeln seiner Hand zu verschwinden. Dann wandte er sich an uns:

»Signora. Signor. Es tut mir so leid! Ein ganz dummer Fehler bei den Reservierungen. Bitte, bitte verzeihen Sie uns dieses Missgeschick! Wir haben keine anderen Tische mehr. Aber ich bitte Sie, setzen Sie sich. Ich lasse Ihnen eine Flasche Champagner bringen und verspreche Ihnen, Sie bekommen nur das Beste aus unserer Küche. Bitte!«

Es klang fast schon flehentlich, gleichzeitig zog er den Stuhl für mich heran und schob mich fast mit Gewalt darauf. Der Schnösel hatte noch gar nichts gesagt, er blickte jetzt abwechselnd auf mich, dann auf den Manager und schließlich sagte er, an mich gerichtet:

»Ich bitte Sie! Wenn die Signora reserviert hat, dann ist es auch ihr Tisch! Niemals werde ich es wagen, eine Dame mit meiner Anwesenheit zu stören. Ich werde mir eine Kleinigkeit an einem Piadina-Stand besorgen.«

Damit wandte er sich etwas ab und schickte sich an, zu gehen. Hatte er tatsächlich gedroht, sich an einem Piadina-Stand ein Abendessen zu besorgen? Ich hasste diese Stände. Das war kein Essen, das war ein Snack und meistens auch noch ein ziemlich liebloser, wenn man nicht gerade Glück hatte, einen zu finden, der sich wirklich Mühe gab, diese Sandwiches ordentlich zuzubereiten. Mein schlechtes Gewissen regte sich umgehend. Was, wenn er vor mir reserviert hatte? Ich ihm einen Abend verdarb, auf den er sich gefreut hatte. Gut, er schien nur für sich reserviert zu haben. Aber vielleicht wollte er etwas feiern? Alleine. Er war gar kein Schnösel, wenn ich ehrlich war. Er sah unglaublich gut aus. Sein tiefschwarzes Haar war ordentlich geschnitten, etwas kurz für meinen Geschmack, aber es glänzte gesund und strahlend. Sein Gesicht war schmal, aber sehr markant, die Nase typisch sizilianisch, was ich automatisch mochte. Seine Augen waren braun wie Schokolade und seine Figur schlank, aber sichtlich sportlich und trainiert. Nur seine Kleidung war nicht stimmig, und genau das regte mein schlechtes Gewissen so sehr an. Sein Anzug war teuer, sehr teuer, wie ich schon in der Bar gesehen hatte. Die Schuhe dagegen waren von der Stange, seine Uhr jedoch viel zu wertvoll für sein Alter und auch zu sehr Bling-Bling, so etwas trug man nicht, es sei denn, man war ein bekannter Rapper oder mindestens fünfzig Jahre alt. Insgesamt wirkte alles ein wenig so, als hätte man es sich von verschiedenen Leuten zusammengeliehen, um in einem Restaurant wie diesem angemessen auftreten zu können.

9.

All diese Beobachtungen waren in wenigen Sekunden in meinem Kopf abgelaufen. Seine Drohung, an einem Imbissstand zu essen, und zuallererst schlicht mein Hunger, hatten mich eine Entscheidung treffen lassen. Ich hatte also genickt, gesagt, dass es mir nichts ausmache, und ihn aufgefordert, Platz zu nehmen. Wir bekamen daraufhin umgehend unsere versprochene Flasche Champagner und riesige Speisekarten. Er saß mir gegenüber, lächelte wieder, aber schüchtern jetzt, und dann setzte er an:
»Signora, ich kann Ihnen gar nicht sagen, wie sehr …«, ich hatte die Hand gehoben und er verstummte.
Ich fixierte ihn kurz, was ihn ganz nervös werden ließ, und dann sagte ich, mit einem leichten Lächeln auf den Lippen:
»Entschuldigen Sie. Ich habe wahnsinnigen Hunger und furchtbar schlechte Laune. Wenn Sie den Abend

also überleben möchten, dann lassen Sie uns zuerst etwas zu essen bestellen, bevor wir uns unterhalten. Ja?« Ich lächelte weiter, aber ich glaube, er sah an meinen Augen, dass ich das absolut ernst gemeint hatte.
Er nickte nur, deutete kurz auf die Speisekarte, nahm sie auf und verschwand dann mit einem kurzen Grinsen hinter der Karte.
Ich musste ebenfalls grinsen. Er hatte also Humor.

Die Karte war extrem umfangreich, viel Blabla, was sich halt schick anhört, aber meiner Meinung nach kein Mensch braucht, dazu eine zusätzliche Weinkarte, die sehr protzig war. Nicht in ihrer Aufmachung, sondern von den Weinen her. Mein ungebetener Begleiter wurde zusehends ratloser und blätterte die Karte vor und zurück. Er schien nicht recht zu wissen, was er wählen sollte. Entweder hatte ich ihm gehörig den Appetit verdorben oder er war diese gehobenen Lokale schlicht nicht gewohnt.

Wir waren nah an der Küste und das Lokal fiel somit unter meine Vier-Meilen-Regel, ich esse an der Küste nun mal kein Fleisch und im Landesinneren dafür keinen Fisch. Ich lächelte ihn an:
»Wollen wir uns als Vorspeise eine Portion Spaghetti mit Meeresfrüchten teilen? Und danach vielleicht einfach eine Auswahl an Fischen grillen lassen?«
Er sah mich erleichtert an:
»Oh, ja! Gerne. Das ist genau, worauf ich Lust habe!«
Ich nickte und im nächsten Moment hatten wir einen Kellner am Tisch. Normalerweise diskutiere ich jede Bestellung endlos, aber ich hatte zu viel Hunger und war zu müde, und so legten wir lediglich fest, welche Fische wir haben wollten, und ich beließ es diesmal

dabei. Nur als die Frage nach dem Wein kam, die er automatisch an meinen Begleiter richtete, kam wieder Leben in mich. Auch wenn ich die Dame am Tisch war, aber ich war auch die Tochter eines Winzers, einem mit sizilianischen Wurzeln noch dazu. Die Diskussion zog sich in die Länge und wir verbrachten fast zehn Minuten damit, bis ich endlich nachgab und uns einen Wein bringen ließ, den ich eigentlich nicht gewählt hätte.

Der Wein kam und übertraf sogar noch das Versprechen des Kellners. Das Essen war bestellt. Endlich fiel die Anspannung etwas von mir ab. Ich sah mein Gegenüber an und er spürte wohl, dass ich nicht mehr ganz so übel gelaunt wie zu Beginn war. Er versuchte ein sehr vorsichtiges Lächeln, das ich diesmal minimal erwiderte.

»Gestatten Sie, Signora, ich bin Emanuele Caudullo. Ich muss Ihnen nochmals sagen, wie leid es mir tut, Ihren Abend gestört zu haben.«

Ich nickte gnädig, nahm einen Schluck Wein, ließ ihn einen Moment genießerisch im Mund, dann lächelte ich noch mehr. Ein guter Wein und die Aussicht auf ein gutes Essen stimmten mich nach all der Warterei fast schon euphorisch.

»Das ist schon in Ordnung. Sie können ja nichts dafür. Ich bin Chiara Ravenna.«

Er deutete eine leichte Verbeugung an, nahm sich jetzt ebenfalls etwas Wein, nippte aber nur ganz zögerlich am Glas.

»Signora Ravenna, also. Ich nehme an, Sie sind nicht von hier?«

»Nein, ich komme aus dem Norden, aus der Emilia Romagna.«

Er nickte. »Eine schöne Ecke.«

Er war aus der Gegend, das hörte ich an seinem Dialekt, also erwiderte ich sein Kompliment:
»Ja, durchaus. Aber hier, der Süden, hat auch seine ganz besonderen Reize.« Wieder nahm ich einen Schluck Wein.
»Und was machen Sie sonst so, wenn Sie nicht gerade einer hilflosen Touristin den Tisch stibitzen?«
Er grinste: »Nun, eigentlich gehört das Stibitzen von Tischen zu meiner Hauptbeschäftigung.«
Wir mussten beide lachen und genossen es, dass sich die anfänglich kühle Distanz zwischen uns etwas gelegt hatte.
»Nein, ich mache nichts Aufregendes, worüber es viel zu erzählen gäbe. Mein Onkel betreibt ein kleines Geschäft und ich kümmere mich um die Finanzen und den Einkauf. Nichts Besonderes.«
Wow! Ein Mann, der seinen Beruf nicht für das Wichtigste auf der Welt hielt und nicht der Meinung war, man müsste den ganzen Abend ausschließlich über seine großartigen beruflichen Leistungen schwafeln. Das war mal etwas Seltenes.
»Aber was tun Sie hier, in unserer Stadt? Machen Sie Urlaub?«

Ich zögerte kurz. Es war so angenehm gewesen, sich zwanglos zu unterhalten, dass ich für einen Moment die ganze Geschichte, Carlos, seinen Anwalt und meine heutige Begegnung mit dem alten Commissario vergessen hatte. Ich konnte ihm schlecht sagen, weshalb ich wirklich hier war, aber ich hasste es, ihn anlügen zu müssen. Also versuchte ich, so nah wie möglich an der Wahrheit zu bleiben.
»Ich bin Geometra, spezialisiert auf die Restaurierung alter Gebäude. Ich will mir hier ein paar der alten Kirchen ansehen, studieren, wie man hier früher

gearbeitet hat, mit welchen Materialien und Techniken.«
Ich spürte, wie mir ganz leicht die Röte in die Wangen stieg. Ich war es einfach nicht gewohnt, Menschen zu belügen. Aber es half ja nichts. Und gäbe es nicht diesen blöden Carlos, ich wäre zu gerne ein paar Tage durch diese Stadt gelaufen, mit ihrer so unglaublichen Geschichte, und hätte mir in Ruhe die Gebäude angesehen, die Baustile, die sich über die Jahrhunderte durch so vielen Kulturen immer wieder gewandelt hatten.

Ein Kellner servierte unsere Vorspeise und die Situation war vorerst gerettet. Die Spaghetti wurden auf einer großen Schale zwischen uns platziert und jeder bekam eine gewaltige Portion. Ich mache das gerne, sich eine Vorspeise teilen. Meistens ist der Koch großzügig, macht fast eineinhalb Portionen daraus, und man hat einfach noch etwas mehr Platz für das Hauptgericht. Essen zu teilen ist bei uns ohnehin üblich, man muss sich nichts dabei denken, kein Wirt stört sich daran.

Ich sog den Duft der Soße, eine Mischung aus Knoblauch, allerlei Kräutern und Weißwein, tief ein und dann begann ich zu essen und vergaß wieder alles um mich herum. Die Nudeln waren vorzüglich und selbst Emanuele nahm sich nun etwas mehr von unserem Wein, wenngleich ich fast den Eindruck hatte, er versuchte, auf keinen Fall zu viel davon zu erwischen. Vielleicht schmeckte er ihm nicht - ja, das war es vermutlich. Denn der Wein selbst war leicht und fruchtig und für einen Kerl wie ihn durfte es eigentlich kein Problem sein, ein bisschen mehr davon zu trinken, ohne den Alkohol besonders zu spüren.

Zwischen den Gängen plauderten wir, er erzählte mir etwas über die Stadt, sehr wenig über sich und stellte mir viele Fragen, denen ich aber geschickt auswich.
Als wir mit dem Fisch fertig waren und den üblichen Espresso und einen kleinen Schnaps getrunken hatten, verlangte ich die Rechnung. Er wollte sie an sich nehmen, aber dann begann er, in seiner Brieftasche umständlich nach Geldscheinen zu suchen und ich wunderte mich, warum er keine Kreditkarte hatte. Bevor die Situation peinlich werden konnte, ließ ich die Rechnung auf mein Zimmer schreiben, und als er anfing, dagegen zu protestieren, marschierte ich bereits nach draußen.

Dann standen wir vor dem Hotel und rauchten jeder eine Zigarette. Es war nicht mehr so schwül, die Luft war jetzt ganz angenehm, wie Samt auf der Haut, und es roch nach Meer und Sommer. Wir hingen schweigend unseren eigenen Gedanken nach, und als er aufgeraucht hatte und mich ansprach, erschrak ich fast, so weit weg war ich einen Moment gewesen.
»Es gibt da eine kleine Gelateria, auf der Piazza, ganz in der Nähe von hier. Darf ich Sie noch auf ein Eis einladen?«
Ich zögerte. Noch immer wartete ich jeden Moment auf eine Nachricht auf meinem Handy, was nun mit dem Treffen wäre, andererseits hatte ich so gar keine Lust, den angebrochenen Abend alleine in meinem Hotelzimmer zu verbringen. Aber mich hier auf einen Mann einzulassen, das war vermutlich das Dümmste, was ich jetzt gerade brauchen konnte.

Doch dann zuckte ich mit den Schultern, lächelte ihn an und sagte:
»Eis klingt gut, verdammt gut!«

10.

Die Piazza, auf der wir waren, war wie jede Piazza in Italien. Nahezu quadratisch, eingerahmt von imposanten, antiken Gebäuden, mit einer Bar, die draußen Tische und Stühle aufgebaut hatte, und einer gewaltigen Eistheke, vor der sich eine lange Schlange gebildet hatte. Und doch ist jeder dieser Orte anders. In jedem Dorf, in jedem Stadtviertel, überall lebt eine Piazza von ihren Darstellern, ihren Düften, ihren Geräuschen und den Komparsen. Die Stammgäste waren die Hauptdarsteller, die Menschen, die immer hier waren, die sich hier mit anderen trafen, auf ein kurzes Gespräch, ein Glas Wein, einen caffè. Die Komparsen waren diejenigen, die zufällig hier entlangkamen. Manche blieben eine Weile, ruhten sich aus, kauften etwas, standen herum, andere hasteten nur kurz durchs Bild. Es ging auf Mitternacht zu und somit herrschte noch Hochbetrieb. Je weiter der Sommer voranschritt, um so länger blieben die Menschen draußen, labten sich an den kühleren Stunden der Nacht, bevor sie in ihre überhitzten Wohnungen gingen, um dann wieder einen glutheißen Tag zu bestehen, freilich immer mit der wundervollen Aussicht, abends wieder zurückzukehren, zu "ihrer" Piazza, auf der sie einen Großteil ihres Abends verbrachten.

Das Eis war vorzüglich und wir hatten uns an den Rand des Brunnens gesetzt, der die Mitte des Platzes markierte. Für die anderen waren wir ein Paar, das sich nach dem Essen noch eine Erfrischung gönnte, ganz klassisch. Und einen Moment sehnte ich mich danach, dass es so wäre. Nicht wegen Emanuele, den ich noch viel zu kurz kannte. Aber ich wäre so viel lieber nur ein normales italienisches Mädchen gewesen, in diesem Moment, das sich von seinem Date einfach noch zu einem Eis einladen ließ. Und nicht die Frau, die in geheimer Mission unterwegs war, einen der brutalsten Paten der Stadt zu treffen.

Kapitel 3

1.

Emanuele hatte mich noch, ganz Gentleman, bis zum Hotel zurückbegleitet und dann standen wir einen Moment unschlüssig da, und als die Situation begann, peinlich zu werden, hatte ich ihm ganz förmlich die Hand hingestreckt und mich für den Abend bedankt. Dann sah ich zu, dass ich ins Hotel kam.

Die Lobby war jetzt nahezu leer, nur hier und da saßen noch ein paar Menschen in den Sesseln und auch die Bar war jetzt nur noch spärlich besetzt. Das Licht war gedämpft worden und die Hektik und der Hochbetrieb, die hier das Bild bestimmt hatten, waren einer fast intimen Ruhe gewichen, die mir nach dem Abend guttat. Eigentlich hatte ich gleich nach oben gehen wollen, aber dann entschied ich mich um und setzte mich wieder an meinen Platz an der Bar. Ich bestellte mir einen Averna mit viel Eis und einer Scheibe Zitrone und ließ meinen Gedanken freien Lauf. Die Begegnung mit Emanuele war seltsam gewesen, auf eine Art, die ich nicht in Worte fassen konnte. Er schien den ganzen Abend auf etwas gewartet zu haben, war immer wieder einmal in Gedanken gewesen, zuweilen etwas zu unruhig. Andererseits hatte mir der Abend gutgetan. Er hatte mir ein wenig Normalität vermittelt, ein Abendessen, Gespräche, der Abschluss auf der Piazza. Wieder bedauerte ich, nicht einfach nur zum Vergnügen hier zu sein. Ich hatte mein Handy vor mir liegen, aber es gab noch immer keine Nachricht. Zum hundertsten Mal überlegte ich, was Carlos von uns wollte. Sicher ging es nicht um eine schnöde Erpressung, dazu hätte es nicht diesen Aufwand bedurft, mit den vielen Anrufen und diesem Anwalt, der ständig genervt hatte. Aber was sonst sollte er wollen? Ich dachte wieder an die Szene, damals in unserem Haus. Er und mein Vater hatten so eine Art Frieden miteinander geschlossen. Es war nichts mehr offen zwischen ihnen. Und mein Vater hatte ja auch nicht das geringste Interesse gezeigt, sich nur eine Sekunde länger mit Carlos zu beschäftigen. Ich kam auf keine Lösung und dieses Abwarten zermürbte mich zusehends. Kurz überlegte ich, ob ich besser abreisen sollte. Alles einfach auf sich beruhen lassen, hoffen, dass es sich in Wohlgefallen auflösen würde. Aber ich wusste natürlich, dass das keine Lösung war. Ich würde darüber verrückt werden, nie zu erfahren, worum es eigentlich ging. Ich hatte ausgetrunken, überlegte, noch eine Zigarette zu rauchen, aber das konnte ich bequemer auf der Terrasse in meinem Zimmer. Ich war plötzlich müde, einfach unendlich müde, und so schlurfte ich, fast schon taumelnd, den Gang entlang zu meinem Zimmer.

2.

Das Kartenlesegerät, um die Türe zu entsperren, funktionierte erst im dritten Anlauf und als ich nach dem Lichtschalter griff und ihn drückte, passierte nichts. Aus dem Zimmer kam mir nur heiße Luft entgegen, scheinbar war der Strom ausgefallen und somit auch die Klimaanlage. Das Fenster zur Terrasse stand weit offen und die Tüllvorhänge tanzten leicht im Wind, der vom Meer her wehte, und für einen Moment sahen sie aus wie Gespenster. Das Mondlicht tauchte das Zimmer in ein surreales weißliches Licht und der Mann, der mitten im Zimmer auf einem Stuhl saß und ganz gelassen rauchte, ließ meinen Körper eine solche Menge Adrenalin ausschütten, dass mir die Knie weich wurden.

»Sie kommen spät, Signora.« Seine Stimme klang ruhig, fast schon belustigt arrogant. Er hatte schwarzes Haar, leicht unordentlich, trug eine enge schwarze Lederjacke und obwohl es dunkel im Zimmer war, eine Sonnenbrille. Er lümmelte auf einem Stuhl, hatte den Kopf zurückgelegt und blies den Rauch seiner Zigarette gelassen in Richtung Zimmerdecke. Er hatte den Kopf nicht zu mir gedreht. Er schien sich sicher zu sein, dass ich alleine war, oder es war ihm egal. Das Mondlicht ließ seine leichten Bartstoppeln wie einen Schatten im Gesicht schimmern und all das gab ihm ein brutales, rücksichtsloses Aussehen.

Ich versuchte nochmals, das Licht anzuschalten. Er lachte höhnisch, rauchte weiter und sagte kein Wort.
»Wer …«, ich musste mehrmals schlucken und setzte nochmals an: »Wer sind Sie?«
»Signor Inzigniano schickt mich.«
Ich nickte in die Dunkelheit. Es war also so weit, sie nahmen Kontakt mit mir auf. Jetzt wurde es ernst. Das Spiel hatte begonnen.

3.

Ich fuhr seit knapp zwanzig Minuten immer weiter hinauf in die Hügel, auf einer Straße, die diese Bezeichnung kaum verdiente. Endlos viele Schlaglöcher malträtierten die Stoßdämpfer meines Wagens. Ich hatte das Verdeck offen, jetzt, am frühen Morgen und außerhalb der Stadt, war die Luft angenehm und je höher ich mich die Serpentinen hinaufschraubte, umso mehr konnte man durchatmen. Die Landschaft war karg, alles Grün auf den Feldern war bereits von der Sonne verbrannt. Wir im Norden mussten schon wirklich sehr früh im Jahr die letzte Ernte einbringen, aber es war kein Vergleich zu hier. Die Böden waren rissig und staubtrocken, vermutlich hatte es seit dem Winter nicht mehr geregnet.

Der Mann in meinem Zimmer am Abend zuvor hatte sich noch eine Weile darüber belustigt, wie erschrocken ich war, und mir dann eine Adresse gegeben, unter der ich heute um zehn Uhr mit Carlos zusammentreffen würde. Dann war er über die Terrasse verschwunden und ich hatte mir mit zitternden Händen eine Zigarette angezündet, und als ich mich endlich wieder bewegen konnte, war ich zum Sicherungskasten gegangen und hatte den Strom wieder angestellt.

In der Nacht hatte ich mich unruhig in meinem Bett hin- und hergewälzt und mein Kopf warf alles, was ich die Tage über erlebt hatte, in einem wirren Traum zusammen, in dem der Anwalt Abbate, Emanuele, der alte Commissario und Carlos immer wieder auftauchten.

Als ich gegen sechs Uhr endgültig aufwachte, hatte ich Kopfschmerzen und war völlig gerädert von der Nacht. Ich war ein paar Bahnen im Pool geschwommen, hatte Unmengen Espresso getrunken und dann endlos geduscht. Als ich wieder einigermaßen klar hatte denken können, war es auch schon Zeit gewesen, aufzubrechen. Und jetzt fuhr ich zu der Adresse, die mir der Fremde in meinem Zimmer gegeben hatte - und in wenigen Minuten würde ich Carlos treffen.

4.

Ich sah das Haus schon eine ganze Weile, bevor ich es erreichte. Haus war untertrieben, es war eine Villa, riesig, sie thronte ganz oben, exponiert, auf einem der Hügelkämme. Ich war mir sicher, dass das mein Ziel sein musste, denn laut Navi war ich so gut wie angekommen und es gab hier keine anderen Häuser weit und breit.
Ich erreichte nach einer Kehre eine Abzweigung, die nach wenigen Metern bereits durch ein hohes Eisentor versperrt war. Zwei Männer lungerten am Tor herum, sie erfüllten so sehr das Klischee aus jedem Mafiafilm, dass ich fast losgelacht hätte, wäre ich nicht so aufgeregt gewesen wegen des Gesprächs, das mir gleich bevorstand. Ich hielt an und wollte das Fenster herunterlassen, aber da öffneten sich die beiden Torflügel bereits und einer der Männer bedeutete mir, einfach weiterzufahren.

Die Zufahrt aus weißem Kies schlängelte sich nochmals steil nach oben. Vom Haus konnte man nur ab und zu einen Teil des Dachs sehen, der Rest war verborgen. Und dann erreichte ich den Vorplatz der Villa. Hier hätten bestimmt mehr als hundert Autos Platz zum Parken gefunden. Vor dem Gebäude war ein archaischer Springbrunnen und eine Treppe führte links und rechts, ganz herrschaftlich, hinauf zur Eingangstüre. Ich parkte meinen Wagen, beziehungsweise ließ ihn einfach stehen, denn die gesamte Fläche war leer.

Bevor ich mich für eine Treppe entschied, hielt ich nochmals inne und blickte fasziniert an der Fassade hoch. Dieses Haus war ein Schloss! Es war unglaublich schön und gewaltig. Überall war Marmor verwendet worden, der auf Hochglanz poliert in der Sonne glänzte. Wie schön musste es sein, in so einem Haus zu leben! Doch dann fiel mir wieder ein, wem es gehörte, und ich war mir nicht sicher, ob ein Mann wie er solche Schönheit überhaupt je geschätzt hatte, oder ob es auch hier nur darum ging, allen zu zeigen, wie weit er es gebracht hatte. Mein Blick verdüsterte sich, ich holte nochmals tief Luft und dann stieg ich die Treppe hinauf.

Als ich noch nach einer Klingel oder einem Klopfer Ausschau hielt, öffnete sich bereits einer der Türflügel. Ein Mann in dunklem Anzug stand vor mir. Er hatte ein kantiges Gesicht, sah aus, als käme er von einer Beerdigung, denn selbst seine Krawatte war schwarz und zeichnete sich dadurch kontrastreich von seinem blütenweißen Hemd ab. In einem Ohr trug er einen kleinen Knopf, von dem ein Kabel in seinem Kragen verschwand. Er trat zur Seite, sah sich noch kurz auf dem Vorplatz um und dann krachte die schwere Türe hinter mir wieder ins Schloss. Ein weiterer Mann kam auf mich zu. Er trug ebenfalls einen schwarzen Anzug, allerdings hatte er kein Funkgerät im Ohr stecken.
»Signora Ravenna? Bitte folgen Sie mir!« Damit drehte er sich um und lief in einem Tempo los, dass ich die ersten Meter Schwierigkeiten hatte, ihm zu folgen. Wir durchquerten eine weitere Halle, die zum Innenhof hin offen war und den Blick auf einen üppigen grünen Garten freigab. Berufsbedingt fing es sofort an, in mir zu arbeiten, und ich überlegte, wie sie das Problem der Bewässerung hier oben in den Hügeln gelöst hatten. Denn so ein Garten benötigt

Unmengen an Wasser, um derart prachtvoll gedeihen zu können.
Ich folgte meinem Lotsen in ein Treppenhaus und wir stiegen zwei Stockwerke nach oben, liefen einen endlos langen Gang entlang und erreichten eine weitere Halle. Hier hielt er an einer Türe, lauschte kurz, dann straffte er die Schultern, klopfte und trat ein.

Ich war ihm langsam gefolgt. Mein Puls raste wie wild. Wenn schon so ein Riese von Bodyguard einen derartigen Respekt hat, bevor er nur das Zimmer seines Chefs betritt, dann musste dieser Carlos noch furchteinflößender sein, als ich gedacht hatte.

Der Raum war groß, bestimmt an die achtzig Quadratmeter, es gab zwei Sitzecken mit Sesseln und Sofas, ein Bücherregal, das eine ganze Wand einnahm, mit alten - und wie ich einfach annahm - wertvollen Büchern, einige Gemälde und einen offenen Kamin. Links und rechts gingen Flügeltüren ab, eine führte scheinbar in einen weiteren Salon, in die andere Richtung konnte ich ein Bett erkennen, allerdings kein normales. Es war ein Krankenhausbett, und daneben standen allerlei Geräte mit Monitoren, die blinkten und piepten. Ein unangenehmer Geruch nach Desinfektionsmittel hing in der Luft und mir zog sich der Magen zusammen.
Der Mann, der mich hergeführt hatte, deutete nach draußen, auf die Terrasse. Mehrere raumhohe Fenstertüren führten hinaus. Die Terrasse schien um das ganze Haus zu laufen, zumindest aber hier um dieses und die benachbarten Zimmer.
Er nickte mir zu, zeigte nochmals in Richtung Terrasse: »Hier entlang, bitte«, und dann verschwand er

leise und ich ging mit zögernden Schritten hinaus, in Richtung des Mannes, der dort draußen in einem Rollstuhl saß und mir den Rücken zukehrte.

5.

Ich trat auf die Terrasse und wusste nicht, ob ich etwas sagen sollte. Aber das war gar nicht nötig. Denn der Mann im Rollstuhl sprach:
»Ich habe Ihren Vater erwartet, Signorina Ravenna.«
Damit drehte er den Rollstuhl mit einem energischen Ruck herum und wandte sich mir zu.
Ich erkannte ihn sofort. Auch wenn er alt geworden war. Sehr alt. Er versuchte, aufrecht zu sitzen, aber ich spürte, dass ihm das fast seine gesamte Kraft abverlangte. Sein Gesicht war eingefallen und glich einem Totenkopf. Ein paar weiße Haare standen von seinem Kopf ab. Die Haut war fleckig und blass und er atmete schwer. Aber dennoch, die markante Hakennase, die Narbe über der Wange und die stechenden Augen. Ich hatte ihn nur einmal gesehen, vor vielen Jahren, und da saß er in einem Wagen, aber sein Bild hatte sich mir eingebrannt. Und die Begebenheit bei uns im Haus, nun, da hatte ich sein Gesicht nicht richtig sehen können, aber da hatte sich seine Stimme unwiderruflich in mein Gedächtnis gegraben.

Ich stand unsicher vor ihm, kam mir vor wie ein Schulkind, das dem strengen Direktor Rechenschaft leisten muss, und versuchte zu sprechen, ohne dass meine Stimme zu sehr zitterte:
»Mein Vater wird nicht kommen, Signor Inzigniano.«
Er musterte mich eindringlich und seine Wangen bekamen etwas Farbe:

»Es ist von außerordentlicher Bedeutung, dass er herkommt. Sag ihm das! Er muss einfach herkommen!« Er atmete wieder schwer, die wenigen Sätze schienen anstrengend für ihn gewesen zu sein.
Ich schüttelte den Kopf:
»Er wird nicht kommen«, wiederholte ich dann nochmals.
Er setzte an, etwas zu erwidern, bekam einen Hustenanfall und wollte zu einem Tisch fahren, auf dem eine Karaffe mit Wasser stand. Aber sein Rollstuhl blieb an einem Terrassenstuhl hängen und so lief ich stattdessen zu dem Tisch, füllte hastig ein Glas Wasser und reichte es ihm. Er trank gierig und sein Atem wurde ruhiger und dann sah er mir voll ins Gesicht:
»Er ist so ein elender, sturer Hund, dein Vater! Wäre er nicht der aufrichtigste Mann, den ich kenne, ich würde keinen Gedanken an ihn verschwenden!«
Ich hatte das Glas zurück an seinen Platz gebracht und hielt mitten in der Bewegung inne. Was hatte er da gerade gesagt? Er wollte etwas von meinem Vater, weil er ihn für aufrichtig hielt? Vielleicht war seine Bitte ja gar nicht so schlimm, denn wenn das der Beweggrund war, meinen Vater sehen zu wollen, konnte es sich nicht um etwas Kriminelles handeln, oder gar um eine Bedrohung.

Ich sah zu Carlos hinüber und unterdrückte jegliches Mitleid, das in mir hochstieg. Er hatte so viel angerichtet, in seinem Leben. Aber es gelang mir nicht. Ich sah einfach nur einen alten Mann, der, warum auch immer, Hilfe von meinem Vater wollte.
»Warum sagen Sie nicht mir, was wir für Sie tun können?«

Er schüttelte den Kopf: »Das geht nicht. Ich brauche einen Mann dafür. Kein Mädchen!«

So milde ich gerade noch gestimmt gewesen war, so wütend wurde ich im selben Augenblick schon wieder. Ich funkelte ihn an:
»Sie meinen, das Mädchen, das sie vor ein paar Jahren um ein Haar erschossen hätte, sei nicht gut genug, wofür auch immer?«
»Was soll dieses Gerede? Orazio hat mir das auch erzählt? Was hat es damit auf sich?«
»Damals, als Sie bei uns auf dem Hof waren, meinen Eltern diese Papiere gebracht haben, da stand ich in der Diele, mit unserem größten Gewehr im Anschlag. Und glauben Sie mir, ich hätte keine Sekunde gezögert!« Jetzt war ich es, die rote Wangen bekommen hatte, so sehr steigerte ich mich in meine Wut hinein.
Er verzog die Mundwinkel, was wohl so etwas wie ein Lächeln sein sollte, aber sagte nichts.
Das machte mich nur noch wütender:
»Wissen Sie, ich habe es so satt!« Ich baute mich direkt vor ihm auf. »Erst diese vielen Anrufe von diesem Schleimbeutel von Anwalt, dann, egal wo ich hier stehe und gehe, ständig kommt irgendein Trottel wie aus dem Nichts und labert mich voll, was ich mit Ihnen zu schaffen habe. Und verdammt nochmal, ich habe nichts mit Ihnen zu schaffen! Lassen Sie meine Familie in Ruhe, sonst lernen Sie mich richtig kennen!« Die letzten Worte hatte ich ihm förmlich ins Gesicht gespuckt. Ich schnaufte einmal laut und verächtlich, dann drehte ich mich um und ging mit festen Schritten auf die Türe zu.

»Warten Sie!« hielt er mich zurück. Es war das erste Mal, dass er mich siezte. Ich drehte mich um und er zögerte, aber dann machte er eine einladende Handbewegung und zeigte auf einen der Stühle, die um den Tisch herumstanden: »Setzen Sie sich, bitte setzen Sie sich.«

6.

Nachdem ich widerwillig Platz genommen hatte, drückte er einen Knopf und nach wenigen Augenblicken kam ein Dienstmädchen, das ein großes Tablett balancierte. Sie entlud es flink vor uns und zog sich unauffällig zurück. Sie hatte zwei Karaffen mit Wein gebracht, roten und weißen, Wasser und dazu ein ganzes Buffet an kleinen Snacks. Es gab Salami, Oliven, Tomaten, verschiedenen Käse, Weißbrotecken, Schinken und Melone. Er hatte also sicherheitshalber schon einen kleinen Aperitivo vorbereiten lassen. Vermutlich hatte er nur testen wollen, ob mein Vater wirklich nicht kommen würde oder ob wir nur versuchten, ihm auszuweichen. Nun, offensichtlich hatte ich den Test bestanden.

Ich nahm mir ein Glas Weißwein, ignorierte das Essen, und als ich einen Aschenbecher auf dem Tisch entdeckte, zündete ich mir, ohne zu fragen, eine Zigarette an.
»Dieser Mann gestern, der in meinem Zimmer auf mich gewartet hat, das war nicht sehr lustig!«, sagte ich schließlich vorwurfsvoll.
»Ah. Santo. Nun ja, das tut mir leid. Aber vieles ist nicht besonders lustig in diesen Zeiten. Und wir konnten nicht riskieren, dass eine Nachricht an Sie abgefangen wird.«
»Worum, verdammt, geht es? Was ist so dringend, dass Sie ausgerechnet uns um Hilfe bitten?« Ich hatte

Angst vor seiner Antwort, aber ich musste es endlich wissen.

Er sah mich eindringlich an. Dann versuchte er, den Tisch zu erreichen, aber seine Kraft reichte nicht aus. »Schenken Sie mir ein wenig Wein ein? Nur einen Tropfen, nur für den Geschmack und den Duft?«
Ich nickte, füllte einen ganz kleinen Schluck in eines der Gläser und reichte es ihm. Er nahm es, lächelte dankbar und dann sog er den Geruch des Weins in sich hoch und schloss für einen Moment die Augen. Nach einer Weile dachte ich, er sei eingeschlafen, aber dann öffnete er sie wieder, reichte mir das Glas und sah mich lange an:
»Wir treffen oft Entscheidungen, die uns richtig erscheinen. Und manchmal wissen wir auch, dass sie es nicht sind, aber wir hoffen, dass es schon irgendwie gut gehen wird, in der Zukunft. Aber wir vergessen dabei, dass wir mit allem, was wir tun, auch immer eine Hypothek aufnehmen. Irgendwann müssen wir bezahlen, für das, was wir gemacht haben.«
Ich sah ihn nachdenklich an, nickte, trank etwas Wein. Er erzählte mir das bestimmt nicht, weil er gerne mit mir eine philosophische Stunde abhalten wollte. Er wollte auf irgendetwas hinaus.
»Ich habe deinen Vater vor vielen Jahrzehnten kennengelernt, hier auf Sizilien. Weißt du davon?« Er war wieder zum "Du" zurückgekehrt, aber diesmal war es nicht abschätzend gemeint.
Ich wusste wenig aus der Zeit, als meine Eltern hier auf Sizilien versucht hatten, Fuß zu fassen. Nachdem meine Großeltern meinen Vater vom Hof gejagt hatten, weil er und meine Mutter heiraten wollten. Meine deutsche, damals minderjährige und von

meinem Vater schwangere Mutter. Ich wusste nur nicht, was genau das mit Carlos zu tun haben sollte. Ja, sie hatten damals irgendetwas gedreht, um meine Mutter älter zu machen, und sie hatte sich anders genannt, aber ich hatte das nie besonders hinterfragt.
»Ich weiß nicht viel aus der Zeit. Nur, dass sie hier geheiratet haben. Und zurück in die Emilia Romagna gegangen sind, als mein Großvater und mein Onkel verunglückten und meine Großmutter plötzlich ganz alleine mit unserem Hof dastand.«
Er nickte: »Ja, sie haben hier geheiratet. Ich hatte damals ein recht lukratives Geschäft. Wer immer ein Problem hatte, mit seinem Namen, seiner Herkunft, seinem Alter, ich habe es gelöst. Ich habe Leuten wie deiner Mutter neue Papiere besorgt, eine Steuernummer, eben alles, um eine neue Identität anzunehmen. Deine Eltern hätten nicht heiraten können ohne diese neuen Papiere.«
Ich starrte ihn an: »Und was wollen Sie jetzt, nach all der Zeit? Wollen Sie uns erpressen?«
»Erpressen? Nein!«, er hob beschwichtigend eine Hand. »Ich will euch nicht erpressen, ich will euch beschützen.«
Ein Mafia-Pate, der etwas von Schutz sagt. Nun, ich wollte gerade empört aufspringen, da wurde ihm selbst klar, dass sein letzter Satz ziemlich missverständlich war. Er hob abermals die Hand: »Ich will euch schützen. Euch und ein paar andere. Damit es nicht herauskommt.«
»Warum jetzt? Warum sollte es jetzt herauskommen?«

Die Sonne stand höher und unser Platz, eben noch schattig, wurde inzwischen ins Sonnenlicht getaucht.

»Kannst du mich etwas herumfahren? Auf der vorderen Seite ist noch Schatten, ich vertrage die Hitze nicht mehr so gut.«
Ich nickte und dann schob ich Carlos langsam die gesamte Terrasse entlang, bis wir am Ende um die Ecke bogen. Der Ausblick war atemberaubend, man sah hinunter auf die ganze Stadt und aufs Meer. Ich stellte mir vor, wie er in jungen Jahren hier gestanden haben mochte und sich wie ein König gefühlt hatte, der auf sein Reich blickt. Ich schob ihn ganz in den Schatten und setzte mich auf die Mauer der Terrassenumrandung.
»Warum jetzt?«, wiederholte ich meine Frage von vorhin.

Er sah mich lange an. Es arbeitete in seinem Gesicht, dann gab er sich einen Ruck:
»Als ich deinen Vater das erste Mal traf, war das zwischen uns noch recht harmlos. Ich half ihm bei seinem kleinen Problem. Später wurde unsere Beziehung, nun, sagen wir, unerfreulicher. Ich war damals ganz oben und groß im Geschäft. Und dein Vater wehrte sich gegen mich. Er war einer der wenigen, die das taten. Und dann, als unsere Beziehung zueinander eskalierte, waren ihm andere zuvorgekommen. Ich war den anderen Familien zu stark geworden, zu mächtig, zu gierig. Sie überfielen damals mein Haus, töteten die meisten meiner Leute und folterten mich. Um ein Haar wäre ich in meinem Haus verbrannt. Es war dein Vater, der eigentlich gekommen war, um mit mir abzurechnen, der mich in letzter Sekunde rettete. Ich konnte fliehen, täuschte meinen Tod vor und versteckte mich. Sie hatten mir mein Bein zertrümmert und auch sonst war ich mehr tot als lebendig. Als herauskam, dass ich noch lebte,

dachten alle, ich wäre im Ausland untergetaucht oder zumindest ganz in den Norden gegangen. Aber das stimmte nicht. Ich war nie weg. Ich hatte einen Freund, der mir noch etwas schuldete, er war Priester. Er versteckte mich auf dem Dachboden seiner Kirche. Ich verbrachte über zwei Jahre dort, ging nie nach draußen. Er pflegte mich gesund und als ich das Bett verlassen konnte, war diese Kirche alles, was ich hatte, um mich langsam wieder daran zu gewöhnen, herumzulaufen, mich zu bewegen.«
Er keuchte vor Anstrengung und ich lief zurück zum Tisch, um ihm ein Glas Wasser zu holen und nahm mir die Karaffe mit dem Wein mit. Er trank und langsam beruhigte sich sein Atem, während ich gedankenverloren etwas Wein genoss und rauchte. Er war jetzt bereit, mir alles zu erzählen, und ich ließ ihm Zeit, wollte ihn nicht mit Fragen aus dem Konzept bringen. Schließlich sprach er weiter:
»Zuerst machte ich meine Gehübungen auf dem Dachboden, dann wagte ich mich auf die Treppe und lief nachts stundenlang im Kirchenschiff umher, und irgendwann erkundete ich die Keller. Es war für über zwei Jahre meine kleine Welt, in der ich mich aufhielt.«
Er trank etwas Wasser, atmete tief ein und fuhr fort:
»Und ich war wütend, sehr wütend. Ich wollte Rache. Und so nutzte ich die viele Zeit, die ich totschlagen musste, Pläne zu schmieden, wie ich zurückkommen würde. Ich habe schon immer alles akribisch festgehalten, was ich an Geschäften machte, und ich hatte meine Unterlagen alle retten können und bei mir. Ich fing an, meine Aufzeichnungen zu ergänzen. Ich schrieb alles auf, was ich über die anderen Familien hier wusste, wie sie miteinander verbunden waren, welche Geschäfte sie tätigten, wie ihre Leute

hießen. Kurz, ich legte das wohl umfangreichste Dossier an, das es je dazu gegeben hatte. Ich richtete in einem der Räume im Keller der Kirche ein Archiv ein, in dem ich alles aufbewahrte. Und als die Zeit gekommen war und ich mir meine Stadt zurückholte, setzte ich meine Aufzeichnungen fort. Ich sammelte über Jahre jede Information, die ich bekam, und archivierte alles weiter in dem Raum im Keller der Kirche. Manchmal nutzte ich meine Aufzeichnungen, um jemandem zu drohen, oder rauszudrängen. Und mit der Zeit gab es immer mehr Gerüchte über mein Archiv. Niemand wusste etwas Genaues, aber es wurde ein Mythos. Ich brauchte bald niemandem mehr zu drohen, die Leute unterstellten automatisch, dass ich genug gegen jeden in der Hand hatte. Natürlich waren alle hinter diesen Unterlagen her. Diese ganzen Daten waren eine Waffe, eine gefährliche Waffe. Jeder wollte sie, die anderen Familien, Politiker, die fürchteten, dass auch über sie etwas darin zu finden sei, die Behörden, die damit vermutlich über Nacht das gesamte organisierte Verbrechen ausgehoben hätten. Für mich dagegen war dieses Archiv eine Lebensversicherung. Niemand traute sich mehr, mir etwas zu tun. Zu groß war die Angst, ich könnte irgendwo verfügt haben, dass, sollte mir etwas zustoßen, alle Unterlagen veröffentlicht würden. Nur eins machte mir selbst Sorge, nämlich, dass es tatsächlich jemandem gelingen könnte, das Archiv zu finden. Mein Freund, der Priester, war inzwischen verstorben, die Kirche wurde nicht mehr genutzt und sie verfiel langsam. Ich überlegte lange, wohin ich die Unterlagen bringen könnte, aber es waren zu viele und mir fiel kein sicheres Versteck ein. So kaufte ich über eine Scheinfirma das Grundstück und mauerte einen Teil des Kellers einfach zu. Das schien mir die beste Lösung zu sein, so war sichergestellt, dass niemand meine Aufzeichnungen finden würde.«

Er keuchte wieder vor Anstrengung und seine Hand konnte kaum mehr das Glas mit dem Wasser halten.

Seine Geschichte hatte mich gefesselt und einen Moment lang hatte ich ganz vergessen, dass er mir das eigentlich erzählte, um mir endlich zu verraten, was er von meinem Vater gewollt hatte. Ich sah ihn fragend an, er nickte und sprach weiter:

»Endlos lange schon waren meine Unterlagen dort sicher. Doch jetzt, jetzt werden sie sie finden, und damit sind eine Menge Leute in großer Gefahr …«

Ich starrte ihn an:

»Wieso wird man es finden? Wieso jetzt? Was ist passiert?«

»Ich habe damals das Grundstück zwar gekauft, aber es passierte ein Fehler. Die Kirche wurde nie entweiht, daher war sie immer noch in irgendwelchen Verzeichnissen der Kurie. Irgendwann bekam ich Post, dass die Kirche im Rahmen irgendeines schwachsinnigen Denkmalschutzprojekts restauriert werden soll. Ich ignorierte diese Schreiben, ein paar erreichten mich auch wegen meiner Krankheit zu spät und jetzt haben sie dort eine Baustelle eingerichtet, vermessen das Gebäude und erstellen einen Plan zur Restaurierung. Und natürlich werden sie die Keller finden und somit auch das Archiv!«

Meine Gedanken überschlugen sich und ich versuchte immer noch zu begreifen, was er von uns deswegen wollte.

»Warum schaffen Sie die Unterlagen nicht einfach von dort weg, nachts, bringen sie woanders hin oder vernichten sie?«

»Das geht nicht mehr. Das Gebäude ist tagsüber voll mit Arbeitern und nachts patrouilliert ein Wachdienst. Und die Keller sind ein Labyrinth. Man muss erst die Wand finden, die ich eingezogen habe, sie aufbrechen und dann bräuchte man einen Lastwagen, um alles wegzuschaffen. Das würde nie unauffällig klappen. Und es gibt noch ein Problem. Ich kann niemandem trauen. Ich wüsste nicht, welche Männer ich damit beauftragen könnte, die nicht schwach würden, sich diese Unterlagen zu greifen. Das Wissen, das ich gesammelt habe, ist unendlich viele Millionen wert!«
»Warum mein Vater? Sollte er das Archiv für Sie verlegen? Weil Sie ihm trauen können?«
Er nickte langsam, sah mich dann an:
»Auch dein Vater kann nicht das gesamte Archiv verlegen, wie gesagt, es ist viel zu groß. Eigentlich ist es mir auch scheißegal, ob sie es finden. Ich habe nicht mehr lange zu leben. Die Ärzte geben mir noch ein paar Monate, optimistisch maximal ein halbes Jahr. Für mich spielt es keine Rolle mehr. Ich werde meine Hypothek bezahlen, für die Dinge, die ich getan habe, in meinem Leben. Aber es gibt ein Notizbuch in diesem Keller, das darf nicht in die falschen Hände gelangen! Ich habe darin alle Namen festgehalten, von denen, die zu mir kamen und neue Papiere brauchten. Es stehen ihre alten Daten darin - und zu wem sie wurden. Und ein Freund von mir, dem ich auf diese Art geholfen habe, ich muss ihn schützen, es darf nie herauskommen. Für ihn muss ich alles tun, sein Geheimnis darf nicht bekannt werden.«
Er schloss kurz die Augen. Fast bildete ich mir ein, er weinte, aber ich war mir nicht sicher. Dann sah er mich wieder an:

»Deine Mutter. Sie steht auch in dem Buch. Ich dachte, Vittorio ist der einzige Mensch auf der Welt, dem ich tatsächlich vertrauen könnte. Das er dieses Buch aus dem Archiv holt, bevor der Rest gefunden wird. Und somit auch euch beschützt, euren Namen.«

Ich zündete mir eine Zigarette an und meine Hände zitterten so sehr, dass ich mehrere Anläufe nehmen musste. Das also war es! Die Vergangenheit holte uns ein. Ich überlegte, was ich tun sollte. Meinen Vater anrufen, ihm all das erzählen, damit er doch herkäme? Und dann? Was genau sollte er tun? In einer Ruine herumklettern, um einen alten Keller zu finden? Mein Vater war viel zu impulsiv, um so etwas im Verborgenen zu machen. Er würde höchstens überlegen, die Kirche abzufackeln und dann hoffen, dass alles verbrannt sein würde, bevor jemand das Feuer löschte. Nein. Ich war diejenige aus unserer Familie, die dafür ausgebildet war, etwas in einer Ruine zu finden. Ich würde das erledigen, alleine, ohne meine Eltern da mit hineinzuziehen. Ich sah Carlos an:
»Was, wenn ich Ihnen mein Wort gebe, dass ich das Buch hole. Und dafür sorge, dass es nicht in falsche Hände gerät?«
Er musterte mich:
»Wie willst du das anstellen? Hä? In das Gebäude kommen, an den ganzen Arbeitern vorbei, die Wand finden, die Mauer einreißen? Wie? Ich habe nur eine Skizze der noch zugänglichen Räume. Man findet sich nicht leicht zurecht. Man muss sich orientieren können, trotz der vielen Gänge, um die richtige Stelle zu finden. Sei mir nicht böse, aber dazu braucht es einen Mann!«

Ich funkelte ihn an, wieder ganz wütend jetzt:
»Wie ich das anstelle? Nun, ich lasse die Baustelle schließen, vermesse die vorhandenen Keller, gleiche sie mit dem Fundament außen ab, finde die Mauer, reiße sie ein und hole das Buch.« Ich stemmte die Hände in die Seiten und sah ihn fest an.
»Und all das kannst du?«
Jetzt hatte ich ihn.
»Ich bin dafür ausgebildet. Ich restauriere solche Gebäude, ich bin Geometra!«
»Und wie willst du die Baustelle schließen, was meinst du damit?«
»Was denken Sie, wie viele Gewerkschaften sind da an den unterschiedlichen Gewerken beteiligt?«
»Keine Ahnung, schon ein paar«, er deute ein Schulterzucken an.
»Und haben Sie Kontakte zu den Gewerkschaften?« Ich musste fast selbst lachen bei der Frage, und er gab mir auch prompt die richtige Antwort:
»Ist der Papst katholisch?« Und dann: »Warum? Willst du einen Streik vom Zaun brechen?«
»Nein. Besser. Ein Erdbeben.«

Er blickte mich verständnislos an und ich fuhr fort:
»Wenn eine Gewerkschaft auf einer Baustelle den Verdacht eines Erdbebenschadens an den Fundamenten meldet, muss die Baustelle geschlossen werden, bis ein Gutachter entscheidet, ob Einsturzgefahr besteht. So lange darf niemand mehr das Gebäude betreten, nicht einmal ein Wachdienst. Wegen der Versicherung.«
Ich grinste ihn vergnügt an und er lächelte jetzt tatsächlich:
»Und sowas bringen sie euch im Studium bei?«

7.

Nachdem wir uns geeinigt hatten, verabschiedete ich mich von Carlos. Ich hatte gerade die Türe hinter mir geschlossen, als der gleiche Mann, der mich hergebracht hatte, wie aus dem Nichts auftauchte. Er geleitete mich schweigend zum Hauptausgang und dann stand ich wieder auf diesem riesigen Vorplatz und sah, dass mein Wagen in der sengenden Sonne parkte. Ich hatte das Verdeck offengelassen und die Sitze glühten, und während ich den Motor anließ, hatte ich das Gefühl, mein Hintern würde gegrillt.

Ich ließ mich langsam die Zufahrt hinunterrollen und als das Tor in Sicht kam, begannen die beiden Flügel sich auch schon zu öffnen. Mein Kopf war völlig leer, ich war nicht in der Lage, einen klaren Gedanken zu fassen. Zuallererst musste ich weg von hier, zurück in mein Hotel. Ich hatte das Bedürfnis, mich zu duschen, und dann, irgendwann, würde ich auch in der Lage sein, nachzudenken.

Ich hatte die Ausfahrt des Anwesens passiert und gab Gas in Richtung City. Ich merkte, dass ich meine Zigaretten auf der Terrasse vergessen hatte, aber zum Glück klemmte noch ein Reservepäckchen unter der Sonnenblende. Ich nestelte eine heraus, fuhr um die nächste Biegung und sah den Wagen, der dort quer auf der Straße stand, viel zu spät. Ich stemmte meinen Fuß auf die Bremse und trotz aller elektronischen Unterstützung blockierten die Räder und das Heck drehte sich zur Seite, und ich schlitterte fast wie ein Rallye-Fahrer auf den anderen Wagen zu. Ein Mann lehnte lässig am Auto und sah mir direkt in die

Augen, während ich wie wild am Lenkrad kurbelte. Er machte keine Anstalten, Platz zu machen, und dann, endlich, stand mein kleiner Fiat, keinen Meter von dem Mann entfernt. Mein Herz raste und ich rang keuchend nach Luft, während er völlig gelassen zu mir herüberblickte. Er trug eine dunkle Hose und ein graues T-Shirt und darüber ein Sakko. Sein Drei-Tage-Bart gab ihm ein leicht verwegenes Aussehen. Ich nahm meine Sonnenbrille ab und starrte ihn einfach nur an, als ich von hinten einen weiteren Wagen kommen hörte. Er fuhr schnell, viel zu schnell, und erst dachte ich, er hätte uns nicht gesehen und würde in uns hineinfahren, aber der Fahrer bremste rechtzeitig und parkte mich von hinten ein. Der Mann vor mir bewegte sich jetzt und dabei ging sein Sakko auf und ich sah die Pistole, die in einem Halfter steckte.

Aber ich sah noch etwas, und das war die Polizeimarke, die er mit einer Kette um den Hals trug, und die nun ebenfalls nicht mehr von seinem Sakko verdeckt wurde.
Er kam auf mich zu, beugte sich dann über das offene Verdeck:
»Sind wir heute ein bisschen zu schnell unterwegs, Signora Ravenna?«
Ich blickte ihn einfach nur an. Woher wusste er, wer ich war?
»Nun?«
Ich bekam eine Stinkwut. Schon wieder. Waren die jetzt total irre geworden? Um ein Haar hätte ich einen schweren Unfall gebaut! Ich schob die Sonnenbrille zurück vor mein Gesicht:
»Ist das eure Art hier im Süden, wie ihr Verkehrskontrollen macht?« Ich hatte ihn provozieren wollen,

um meinen Ärger ein wenig abzubauen, aber er blieb völlig unbeeindruckt. Ich schielte in den Rückspiegel. Der Mann, der mich von hinten einparkte, machte keine Anstalten auszusteigen. Ich erkannte das Blaulicht am Armaturenbrett. Also auch ein Polizist. Im Gegensatz zu meinem Gesprächspartner trug er unter seinem Sakko ein blaues Hemd, die Krawatte freilich hatte er weit offen, um der Hitze etwas zu trotzen. Auch er war unrasiert. Vermutlich waren also beide Zivilfahnder, denn so hätte die sonst kein Questore in seinem Revier geduldet.

Der Mann an meinem Wagen hatte etwas gesagt, aber ich war so in Gedanken versunken, dass ich es nicht verstanden hatte, und so wiederholte er nochmals:

»Wir haben ein paar Fragen an Sie, wir können das hier machen oder sie begleiten uns aufs Revier.«

Ich änderte meine Strategie. Ich strahlte ihn an, lächelte dann und sagte:

»Gern, Commissario, was kann ich für Sie tun?«

Aber das beeindruckte ihn genauso wenig wie mein Wutausbruch vorhin. Seine Miene blieb unverändert.

»Sie waren bei Carlos Inzigniano?«

»Jaaah …«, ich zog es in die Länge, weil ich Zeit gewinnen wollte. Tausend Gedanken rasten durch meinen Kopf. Wussten sie von dem Archiv? Von meiner Mutter? Hatte ich mich strafbar gemacht? Ich wurde fast verrückt bei all diesen Gedanken.

»Und worüber haben Sie mit ihm gesprochen?« Seine Miene war völlig ausdruckslos, er war bestimmt ein exzellenter Pokerspieler.

Ich überlegte weiter, aber ich hatte keine Wahl, ich musste irgendeinen Vorwand finden, den ich als Grund für meinen Besuch nennen konnte. Nur, welchen Vorwand hat man, um einen, nein, den

Paten überhaupt, zu treffen? Und dann fiel mir auf die Schnelle nichts Blöderes ein und so versuchte ich völlig harmlos und unbefangen zu antworten:
»Er will etwas an seinem Haus umbauen. Ich bin Architektin.«
Er fixierte mich einen Moment.
»Und da holt er jemanden von so weit her?«
»Ich, äh, arbeite öfter hier im Süden ...«
Natürlich glaubte er mir kein Wort, aber darum ging es auch gar nicht. Ich durfte ihm einfach nur keine Handhabe liefern, mich weiter auszufragen. Und ich musste so weit wie möglich vom Archiv ablenken.
»Wurden Sie bedroht?«
»Was?«
»Wurden Sie im Haus bedroht?«
»Nein!«
»Wurde Gewalt gegen Sie angewendet?«
»Nein!«
Er nickte:
»Sie bauen also sein Haus um?«
»Ja, hören Sie, ich soll nur ein paar Arbeiten planen und überwachen.«
»Na gut. Das wäre alles für heute.«
»Ich kann fahren?«
»Ja.« Er trat einen Schritt zurück: »Und fahren Sie etwas langsamer!«

Damit drehte er sich um und stieg in seinen Wagen, gleichzeitig heulte hinter mir der Motor im Rückwärtsgang auf, als der andere Polizist zurücksetzte, und dann gaben beide Gas und waren im nächsten Augenblick um die Biegung der Straße verschwunden.

8.

Ich hatte geduscht und lag auf meinem Bett im Hotel. Ich hatte noch nichts gegessen und war dementsprechend hungrig. Andererseits schnürte es mir den Magen zu, nach dem Gespräch mit Carlos. Wie hatte ich ihm nur mein Wort geben können, das Buch zu besorgen? Ich sollte in eine Kirche einbrechen! Und ich wusste von seinem Archiv. Vermutlich war alleine schon dieses Wissen strafbar. Dann diese ganzen Polizisten, die offensichtlich hinter Carlos her waren und ihn und seine Gefolgsleute beobachteten. Mir wurde ganz schlecht, wenn ich daran dachte. Und natürlich hatten sie meine Geschichte nicht geglaubt, mit dem Umbau seines Hauses. Was, wenn sie mich auch nach dem nächsten Besuch wieder abfingen? Wie lange würde ich durchhalten, bei meiner Geschichte bleiben können? Ich bekam regelrecht Panik, wenn ich an all das dachte.

Ich wurde müde und mir fielen die Augen zu, und als ich gerade eingeschlafen wäre, riss mich das Klingeln des Zimmertelefons wieder hoch. Ich sah den Apparat misstrauisch an und ließ es immer und immer wieder läuten, bis ich doch ranging:

»Pronto?«

»Signora Ravenna, ein Gespräch für Sie.« Es klickte kurz, dann war Emanuele in der Leitung.

9.

Wir saßen in einem kleinen Restaurant direkt am Meer. Emanuele hatte mich nicht lange überreden müssen, als er mich anrief, mit ihm essen zu gehen. Ich war hungrig, hatte keinen Plan gehabt, wo ich auf die Schnelle hätte hingehen sollen, und so hatte ich mich nur zum Schein etwas geziert, um den Anstand zu wahren.

Wir hatten einen Tisch auf der Terrasse mit Blick aufs Meer. Das Wasser war ruhig und die Oberfläche kaum von Wellen durchbrochen. Viele Boote waren noch unterwegs, die mit ihren weißen Segeln schön anzusehende Farbkleckse ins Bild tupften.

Emanuele hatte heute Freizeitkleidung an, in der er sich viel wohler zu fühlen schien als in seinem gestrigen Outfit. Die protzige Uhr war einem sportlichen Modell gewichen, dazu trug er Jeans, Sneakers und ein dezentes T-Shirt. Diesmal studierte er die Karte auch in aller Ruhe und suchte sich selbst etwas aus, während die Entscheidung beim Wein leicht fiel, denn es gab nur eine Hausmarke und bei der Hitze war klar, dass wir die Variante mit leichter Kohlensäure wählten, also einen frizzante.

Wir teilten uns wieder eine Vorspeise, diesmal Spaghetti al nero di sepia, also mit der Tinte eines Tintenfischs schwarz gefärbte Nudeln. Kurz musste ich daran denken, wie wir als Kinder oft die Tintenblasen wieder ausgegraben hatten, wenn ein Fischer sie entfernt und im Sand verscharrt hatte, und wir damit dann das Wasser färbten.
»Schmeckt es Dir?«, holte mich Emanuele zurück in die Realität.
»Ja!«, ich nickte mehr als ich sprach, denn ich hatte so großen Hunger, dass ich die Gabel gar nicht voll genug bekommen konnte.
Scheinbar hatte er sich zu Herzen genommen, was ich ihm gestern gesagt hatte, wie zickig ich sein

konnte, wenn ich hungrig war, denn er ließ mich ansonsten in Ruhe, lächelte mir nur ab und an zu.
Erst als unsere Hauptgerichte kamen, sprach er wieder:
»Ich fand den Abend gestern … schön mit dir. Es kam so überraschend, ich habe mich noch gar nicht bedankt.«
»Ich fand es auch schön«, murmelte ich zwischen zwei ″Tauchgängen″. Ich beugte mich gerade mehrmals über den Teller, um den Duft aufzunehmen. Ich hatte mir eine Seezunge grillen lassen und der Sud aus Weißwein, Knoblauch und Kräutern war einfach himmlisch. So ganz hatte er scheinbar immer noch nicht begriffen, dass Essen für mich etwas Heiliges darstellt und ich mich dabei meist so auf die Zutaten konzentriere, dass ein vernünftiges Gespräch mit mir gar nicht möglich ist.
Er blickte mich leicht irritiert an, zuckte mit den Schultern und wandte sich dann ebenfalls seinem Essen zu.
Wie schon gestern trank er kaum Wein und so ging der Krug, den wir geordert hatten, fast ausschließlich an mich.

Ich lehnte das Dessert ab und dann hatten wir unseren Espresso vor uns und eine ganze Batterie an Likören, alle per Hand abgefüllt, in kleine, liebevoll bemalte Fläschchen. Ich hatte mir einen Limoncello eingeschenkt, rauchte und sah ihn nachdenklich an:
»Ja, es war ein schöner Abend. Obwohl er für mich gar nicht schön angefangen hat. Und als du an meinen Tisch kamst, hätte ich heulen können. Aber es war schön, da hast du recht.«
Er sah mich eine Weile schweigend an, dann fragte er:

»Was machst du heute Nachmittag. Soll ich dir ein wenig die Stadt zeigen?«

»Ich müsste dringend eine alte Kirche suchen, in der sich ein geheimes Archiv der Mafia befindet.« Ich dachte es nur, natürlich sagte ich das nicht. Aber ich konnte es wirklich kaum erwarten, mir die Kirche, zumindest von außen, anzusehen. Andererseits wusste ich nicht, ob mich diese Polizisten noch beobachteten und ich hatte noch keinen Plan, wie ich sie auf irgendetwas anderes locken sollte, um nur ja nicht das Archiv zu verraten. Vielleicht wäre es gar nicht schlecht, ein bisschen durch die Stadt zu laufen, mit einem jungen Mann als Begleiter. So zu tun, als hätte ich wirklich nichts Wichtiges für Carlos zu erledigen. Und so lächelte ich und sagte einfach:

»Ich habe nichts vor.«

Er schien überrascht, dass es diesmal so einfach gewesen war, dann strahlte er mich an und verlangte nach der Rechnung.

Wir waren bis fast ins Zentrum mit seinem Wagen gefahren und dann in die engen Gassen eingetaucht. Er zeigte mir ein paar Kirchen, das Haus, in dem er aufgewachsen war, kaufte mir zweimal ein Eis und war ganz der charmante und aufmerksame Begleiter, als hätten wir ein echtes Date. Und eigentlich hatten wir das ja auch, fiel mir dann ein. Der Abend gestern war Zufall gewesen - aber heute waren wir ja tatsächlich verabredet! Kurz begann mein Herz etwas schneller zu schlagen und mir wurde warm, dann rief ich mich zur Ordnung. Es war reine Tarnung, mit ihm durch die Straßen zu laufen, nichts weiter. Aber nun, dass es nicht gerade eine Strafe war, Emanuele anzusehen und sich von ihm verwöhnen zu lassen, tat meinem Vorhaben ja keinen Abbruch.

Schließlich brachte er mich zu meinem Hotel und wieder standen wir uns leicht unschlüssig und verlegen gegenüber, bis ich ihm spontan einen Kuss auf die Wange gab und dann machte, dass ich auf mein Zimmer kam.

Dann stand ich auf meiner Terrasse und rauchte und starrte gedankenverloren aufs Meer. Ich musste aufhören, an den Nachmittag mit Emanuele zu denken und mich auf meine Aufgabe konzentrieren. Als Erstes wollte ich mir die alte Kirche ansehen. Sicher würde dort noch gearbeitet, aber ich wollte sie einfach sehen, um ein Gefühl dafür zu bekommen. Nur durfte ich auf keinen Fall irgendjemanden auf die Spur dorthin bringen. Ich würde einfach ein wenig kreuz und quer durch die Stadt fahren und dabei auch ganz unauffällig an Carlos' Geheimversteck entlangkommen. Und ich musste das Problem mit diesen Polizisten lösen. Ich brauchte irgendein Ablenkungsmanöver, das die Ermittler ein bisschen beschäftigen würde.

Mein Handy summte. Es war eine Nachricht. Von Carlos. Die Nachricht bestand nur aus einer Uhrzeit, zehn Uhr dreißig, mehr stand nicht darin. Er erwartete mich also morgen, vermutlich würde er mir dann seine Skizzen geben. Und ich konnte mit ihm besprechen, wie wir die Behörden ein wenig ablenken könnten.

10.

Ich fuhr seit fast einer Stunde kreuz und quer durch die Stadt, manchmal hielt ich zwei, drei Minuten an einem Gebäude, das mir besonders gefiel, und ließ es auf mich wirken. Ab und zu nahm ich mein Handy und machte sehr auffällig und demonstrativ ein paar Fotos.

Mein eigentliches Ziel packte ich zwischen all die anderen Stopps. Ich hatte mir die Lage vorher gut auf der Karte eingeprägt und begann schon ein paar Minuten vorher, mein Tempo zu drosseln, so als würde ich mir einfach die Gegend ansehen. Als ich an der Kirche vorbeifuhr, konnte ich nur einen kurzen Blick erhaschen, aber viel zu sehen gab es ohnehin nicht. Ein Gerüst war aufgebaut worden, der Sichtschutz in attraktivem Grün ließ nur einen Blick auf den Glockenturm zu, in dem allerdings keine Glocke mehr hing. Der Turm war überhaupt in einem miserablen Zustand. Putz war abgebröckelt, teilweise riesige Löcher in seiner Fassade. Es versetzte mir einen Stich und sofort fing es in mir an zu arbeiten, wie man die Restaurierung durchführen müsste, um die Kirche wieder in ihrem alten Glanz erstrahlen zu lassen. Aber dazu war ich nicht hier. Im Gegenteil, ich sollte Wände einreißen - wenn auch nur eine Kellerwand.

Ich klapperte noch ein paar weitere Stationen ab, um nur ja keinen Verdacht zu erregen. Irgendwann war ich am Hafen und die Fischerboote zogen mich magisch an. Auf allen herrschte reges Treiben, die Besatzungen bereiteten sich auf das Auslaufen vor, um die Nacht auf See zu verbringen. Wie gerne wäre ich einfach mit einem von ihnen rausgefahren, hätte mit angepackt. Es ist eine unglaubliche Stimmung, die einen überkommt, wenn man die Nacht über an Bord ist, die Netze auswirft. Bei ruhigem Wellengang sind die Lichter der anderen Boote meilenweit zu sehen, tanzen wie Elfen übers Wasser und geben einem das Gefühl, nicht ganz alleine zu sein. Direkt am Hafen gab es neben der großen Fischhalle auch einen Haufen kleinerer Geschäfte, in denen man den fangfrischen Fisch kaufen konnte, und natürlich auch einige Lokale. Ich ignorierte die Touristenkaschemmen, die neben horrenden Preisen auch noch Bildchen mit auf der Speisekarte hatten.

Was ich wollte, war ein Lokal, in dem auch Fischer verkehrten. Schließlich fand ich genau, was ich suchte, in einer Seitenstraße. Das Restaurant sah aus wie ein Baucontainer. Eine Außentreppe führte hinauf in den ersten Stock. Der Gastraum war kahl und außer den karierten Tischdecken und ein paar vergilbten Fotos an der Wand gab es praktisch keine Deko. Als ich das Lokal betrat, verstummten für einen ganz kleinen Moment fast alle Gespräche und ich wurde kurz und unauffällig gemustert. Der Kellner, der am anderen Ende des Raums stand, warf mir einen Blick zu, der leichtes Unverständnis darüber ausdrückte, warum sich eine Touristin ausgerechnet in dieses Lokal verläuft. Aber ich strahlte ihn an und nickte unmerklich, und so gab er sich einen Ruck und kam auf mich zu.

»Sie essen alleine, Signora?«

Ich strahlte weiter und nickte und bekam einen kleinen Tisch an der Seite, von wo aus man durch die Lage im ersten Stock einen phantastischen Blick auf die Hafenmole hatte. Ich konnte also beim Essen den Fischern zusehen, wie sie ausliefen, um dafür zu sorgen, dass auch morgen wieder frischer Fisch auf den Teller käme.

Mein Kellner kam und brachte mir ungefragt einen Krug mit Weißwein und eine Karaffe Wasser. Er hatte keinen Bestellblock in der Hand und ich hatte auch keine Speisekarte bekommen. Ich liebe Lokale dieser Art. Es gibt einen Wein, der meistens zehnmal so gut schmeckt, als sein läppischer Preis vermuten lässt. Und gegessen wird, was der Koch für diesen Tag festgelegt hat. Und das ist einfach davon abhängig, was er morgens auf dem Markt gut fand und was seinem meist exorbitant hohen Anspruch an Qualität genügen konnte. Natürlich bekommt man nicht einfach etwas vorgesetzt. Im Gegenteil, zuerst wird man in Ruhe informiert, was es alles an Leckereien gibt, und und dann erarbeitet man ausführlich, wie und was davon man gerne zubereitet haben möchte. Ich wollte nicht zu spät zurück am Hotel sein, denn ich hatte einen langen und anstrengenden Tag vor mir, so entschied ich mich nur für ein leichtes Abendessen. Als Grundlage Spaghetti und dazu einmal Querbeet, was an Meeresfrüchten verfügbar war. Der Koch hatte mir Garnelen, verschiedene Muscheln, Tintenfischstücke und noch ein bisschen Filet in der Pfanne zubereitet. Dazu hatte er dann die Spaghetti vermengt und ich bekam statt eines Tellers die komplette Pfanne serviert. Der Duft, der daraus aufstieg, war unbeschreiblich. Die Menge hätte gereicht, zwei ausgewachsene Fischer für drei Tage auf See satt zu machen, und ich musste mit einem kräftigen Grappa nachspülen, bevor ich mich zu meinem Wagen schleppte, um mich dann möglichst bald in eine horizontale Lage zu begeben, um das alles zu verdauen.

Als ich wieder zurück am Hotel ankam, war ich sicher, dass ein eventueller Beobachter niemals hätte erraten können, wofür ich mich heute bei meinem Ausflug eigentlich interessiert hatte. Morgen würde ich zu Carlos fahren, mir die Pläne abholen und dann Teil zwei meiner Ablenkungsstrategie einleiten. Mit diesen Gedanken schlief ich ein, freilich nur, um mich die ganze Nacht immer wieder unruhig im Bett hin- und herzuwerfen, weil mir wieder alle möglichen Gestalten im Traum begegneten und mich auf Trab hielten.

Kapitel 4

1.

»Morgen werden die Arbeiten eingestellt.«
Ich hatte ihn kaum verstanden. Anders als bei unserem letzten Treffen schien sich Carlos heute kaum in seinem Rollstuhl halten zu können. Seine Stimme war nur mehr ein heiseres Krächzen. Er trug diesmal auch keinen Anzug, sondern einen seidenen Morgenmantel.
Ich nickte, dann sah ich, dass er die Augen geschlossen hatte. »Gut!«, sagte ich daher nochmals sicherheitshalber, aber ich wusste nicht, ob er mich überhaupt gehört hatte.
»Ich bin an der Kirche vorbeigefahren, gestern.«
Eine ganze Weile kam keine Reaktion, aber plötzlich öffnete er die Augen.
»Und? Sie ist wunderschön, nicht wahr?«
Wieder nickte ich. Gerade wollte ich noch etwas sagen, aber er sprach weiter:
»Du musst sehr vorsichtig sein, niemand darf dir dorthin folgen, hörst du!«
»Ja, ich passe auf. Und genau darüber wollte ich auch mit Ihnen sprechen. Da waren ein paar Polizisten …«
Als er das Wort vernahm, kam direkt Leben in ihn. Er richtete sich etwas auf und seine Wangen bekamen ein wenig Farbe.
»Ah! Diese Bastarde! Beobachten mich immerzu!«
»Ja. Als ich aus dem Tor fuhr, passten mich zwei hier auf der Straße ab und stellten eine Menge Fragen. Und ein alter Commissario hat mich in der Stadt angesprochen.«
»Doch nicht etwa Borrata?«

»Doch. So hieß er. Er sagte, er kenne Sie von klein auf.«
»Ah … Federico …«, eine Weile starrte er vor sich hin, fast so, wie der Commissario neulich. Dann huschte ein leichtes Lächeln über sein Gesicht, aber er sagte nichts weiter und ich ließ es darauf beruhen.
»Hören Sie, ich brauche etwas, um die Behörden abzulenken, weg vom Archiv.«
Er sah mich eine Weile an, dann nickte er. »Ein Ablenkungsmanöver, ja, das ist gut.«
»Ich habe den beiden Polizisten vor Ihrem Haus gesagt, dass ich Architektin sei und hier ein paar Umbauten vornehmen soll. Natürlich haben sie mir das nicht geglaubt. Aber ich habe da eine Idee, wie ich sie etwas beschäftigen könnte.«
Er sah mich erwartungsvoll an und ich erläuterte ihm meinen Plan. Er nickte, ein paar Mal kicherte er sogar und dann drückte er einen Knopf auf dem Tisch. Das heißt, er wollte ihn drücken, aber er schaffte es nicht einmal, die Hand aus seinem Schoß zu heben, und so deutete er mit einem Finger, der unter der Anstrengung zu zittern begann, auf den kleinen Kasten, der auf dem Tisch stand, und ich nickte und drückte den Knopf für ihn.
Wenige Sekunden später kam der Mann, der mich das letzte Mal und heute zu ihm ins Zimmer und auch wieder zu meinem Wagen gebracht hatte, zu uns auf die Terrasse.
»Ah, Bruno, die Signora benötigt ein Handy und noch ein paar Dinge, pass auf, ich sage dir, was.«
Dann gab er meine Wünsche an Bruno weiter und zu meinem Erstaunen hatte er alles im Gedächtnis behalten. Bruno nickte nur ein paar Mal unmerklich und stellte keine Fragen.
»Sorge dafür, dass sie alles bekommt!«

Bruno nickte nochmals und verschwand so leise und schnell, wie er aufgetaucht war.
Carlos wandte sich wieder mir zu:
»Bruno ist mein Vertrauter, meine Nummer eins. Wenn du etwas benötigst, ruf ihn an. Aber verwende nur das Handy, das er dir nachher geben wird.«
Ich nickte, suchte zum wiederholten Mal mit den Augen den Tisch ab, aber diesmal gab es keinen Aschenbecher und so traute ich mich nicht, mir eine Zigarette anzuzünden.
»Wann geben Sie mir die Pläne des Kellers?« Ich versuchte die Frage beiläufig klingen zu lassen, aber ich war nervös, weil er das Thema bisher nicht von sich aus angesprochen hatte.
»Erwarte dir nicht zu viel davon, es sind nur Skizzen, nichts weiter.«
»Ja, wie auch immer, aber … kann ich sie sehen?«
Er versuchte wieder zu nicken, brachte aber nur ein Zittern seines Kopfes zustande.
»Geh bitte nach drinnen und hol mir ein Buch aus dem Regal. Ganz oben links. Dantes "Göttliche Komödie".«
Kurz sah ich ihn verständnislos an, dann zuckte ich mit den Schultern und tat wie mir geheißen. Ich fand das Buch sofort und brachte es an unseren Tisch. Es war eine alte Ausgabe, in Leder gebunden, das speckig und abgewetzt war.
Wieder versuchte er, die Hand auszustrecken, aber es gelang ihm nicht und er gab die Anstrengung auf und sah mich an:
»Nimm den Einband ab, aber vorsichtig!«
Ich nahm das Buch zur Hand, schlug es auf und dann streifte ich behutsam das brüchige Leder ab. Ein Bogen Papier steckte zwischen Einband und Buchdeckel und ich nahm ihn heraus und da er seine Hände ja

ohnehin nicht bewegen konnte, faltete ich das Papier, ohne zu fragen, einfach auf.
Es war tatsächlich nur eine Skizze, eine schlechte dazu, wie die Expertin in mir feststellte. Ich sah ihn fragend an.
»Ja, ich weiß. Man erkennt kaum etwas, ich habe das damals auf die Schnelle gezeichnet.«
»Wie viel der Kellerfläche haben Sie geschlossen?«
»Ich weiß nicht so genau, ich denke, es fehlt etwa ein Viertel, nachdem ich die Mauer eingezogen habe. Die Keller sind sehr verwinkelt, ein absolutes Labyrinth, lauter kleine Kammern, es ist völlig unmöglich, da unten nach kurzer Zeit noch zu wissen, wo genau man sich gerade befindet. Und es ist lange her, inzwischen sieht meine Wand sicher genauso aus wie die alten Wände, die es schon gab.«
»Kein Problem. Ich werde es finden. Ich vermesse den Keller neu, zeichne einen Plan und gleiche das dann mit der Fläche im Erdgeschoss der Kirche ab, dann sehe ich sofort, wo ein Teil fehlt.«
»Und du bist sicher, das funktioniert?«
Ich nickte, stand auf und steckte seine Skizze ein.
»Ich werde nicht mehr herkommen, bis ich das Buch gefunden habe.«
Er hob den Kopf, diesmal schaffte er es und sah mir lange in die Augen. Dann nickte auch er, fast unmerklich:
»Ja, Chiara, ja. Nur, finde es! Du musst es in Sicherheit bringen. Du musst es schaffen!«
Wie schon das letzte Mal bildete ich mir ein, dass seine Augen leicht feucht wurden. Die Vorstellung, dass ein Mann wie Carlos Inzigniano weinte, war so absurd, dass ich nicht weiter darüber nachdenken wollte. Ich schob meine Sonnenbrille aus dem Haar vor meine Augen, um unseren Blickkontakt zu

beenden, nickte nochmals und dann verließ ich das Zimmer und Carlos und den Geruch nach Tod.

Bruno, wie ich jetzt wusste, stand wie beim letzten Mal vor dem Zimmer und geleitete mich zum Ausgang. Bevor er mir die Türe öffnete, um mich hinauszulassen, griff er in die Innentasche seines Sakkos und gab mir ein Handy. Es war eines dieser billigen Wegwerfhandys, dessen Nummer nirgends registriert ist. Dann gab er mir noch eine Liste, um die ich Carlos vorhin gebeten hatte. Er sprach kein Wort und so nahm ich beides, ebenfalls ohne etwas zu sagen, und einen Moment später stand ich wieder auf dem Vorplatz, auf dem mein Auto in der Sonne vor sich hin glühte.

2.

Die beiden Wachen öffneten wieder das Tor und ich rollte diesmal langsam um die erste Biegung, nicht, dass ich nochmals fast ein Auto rammte, aber die Straße war leer und von den beiden Polizisten nichts zu sehen. Ich war mir sicher, dass sie in der Nähe waren, und so fuhr ich gemächlich in Richtung Stadt und als ich den ersten kleineren Ort sah, der etwas die Anhöhe hinauf förmlich am Berg klebte, bog ich ab und folgte der Straße bis ins Zentrum. Das "Zentrum" war nur eine winzige Piazza, die leergefegt in der Sonne lag, und außer ein paar Katzen war niemand zu sehen. Ich parkte meinen Wagen so gut es ging im Schatten, der leider nur im Halteverbot verfügbar war, legte die Liste, die mir Bruno ausgehändigt hatte, gut sichtbar aufs Armaturenbrett und ging dann quer über den Platz zu der kleinen Bar, die noch in Betrieb schien, auch wenn der Ort an sich wie ein Geisterdorf wirkte.

Der Gastraum war dunkel und kühl und ich musste mich kurz an das schummrige Licht gewöhnen, bevor ich etwas erkennen konnte. Es gab ein paar Tische, den üblichen Fernseher in der Ecke an der Decke, der lautstark lief, und eine kleine Bar, die mit der Kasse, ein paar Süßigkeiten und einer Vitrine für ein paar Snacks fast völlig zugestellt war. Ein Mann in undefinierbarem Alter stand hinter der Theke und hatte ein Glas Wein in der Hand, ebenso wie sein Gesprächspartner, der auf der anderen Seite der Bar stand. Beide rauchten, was eigentlich verboten war, aber hier sicher niemanden weiter interessierte. Sie sahen kurz auf, als ich eintrat, nahmen aber weiter keine Notiz von mir. Das Bild war typisch für diese kleinen Orte. Die meisten Bewohner waren verstorben und die jungen Leute weggezogen, um irgendwo Arbeit zu finden. Der Inhaber war schon jenseits des Rentenalters. Sicher hatte er keinen Nachfolger gefunden und um den paar Letzten, die noch im Dorf die Stellung hielten, einen Ort zu bieten, an dem man sich treffen konnte, ließ er den Betrieb einfach weiterlaufen, ohne freilich noch viel damit zu verdienen.
Ich bestellte mir einen caffè und als ich bezahlte, nahm ich noch zwei Flaschen Wasser, Zigaretten und ein paar Schokoriegel, um wenigstens minimal mit etwas Umsatz zum weiteren Erhalt der Bar beizutragen.
Die Piazza war immer noch leer und ich hätte zu gerne gewusst, ob man mich beobachtete und ob sie die Liste, die ich so gut sichtbar platziert hatte, unter die Lupe genommen hatten.

Dann fuhr ich ins Hotel, um mich umzuziehen und Teil zwei meines Ablenkungsmanövers zu starten.

3.

Die Liste, um die ich Carlos gebeten hatte, beinhaltete seine bevorzugten Lieferanten für Baumaterial aller Art, einige Handwerker und seine Gärtnerei. Um die Geschichte, ich sei als Architektin von ihm beauftragt worden, aufrechtzuerhalten, hatte ich mit ihm vereinbart, dass ich zu all diesen Firmen gehen würde, um Material auszusuchen und mir Kostenvoranschläge für den fiktiven Umbau an seiner Villa erstellen zu lassen. Es war egal, ob die Polizisten mir meine Geschichte dann eher abkaufen würden, zumindest würden sie ein oder zwei Tage alleine damit beschäftigt sein, bei all diesen Firmen vorstellig zu werden und sich zu erkundigen, was ich gewollt hatte.

Die erste Adresse, die ich ansteuerte, war ein Steinmetz. Ich ließ mir verschiedenen Marmor zeigen, sah mir Muster an von Bodenfliesen, die er herstellte, und schließlich bat ich um ein Angebot, um den Boden der Halle in der Villa neu zu verlegen.

Meine nächste Station war ein Sanitärgeschäft. Ich stöberte durch Boden- und Wandfliesenmuster, sah mir Bordüren an, Duschkabinen, Badewannen, Wasser-hähne, und auch hier orderte ich ein Angebot für die Neuausstattung von ein paar Badezimmern.

Meine nächsten Stationen waren ein Geschäft für Tapeten, ein Maler, eine Elektrofirma und schließlich noch die Gärtnerei. Überall erzählte ich ausführlich von meinem Auftrag, den ich angeblich von Carlos erhalten hatte, und immer forderte ich ein umfassendes Angebot an.

Die letzte Station für diesen Tag war ein Baumarkt. Ich kaufte dort zwei Vorschlaghämmer, einen mit kurzem und einen mit langem Stiel, ein paar Holzpflöcke, zwei lange Maßbänder und eine Rolle Abspannschnur. Dazu eine starke Taschenlampe, Batterien, einen Meißel und eine Stirnlampe. Ich packte die Sachen nicht ein, sondern fuhr sie gut sichtbar im Einkaufswagen bis zu meinem Fiat und legte dann jedes Teil einzeln und bedächtig in den Kofferraum.

Zurück im Hotel ging ich an die Rezeption:
»Buon dì. Können Sie mir einen Mietwagen besorgen?«
»Selbstverständlich, Signora. Wünschen Sie ein bestimmtes Modell?«
»Irgendeines mit Allrad. Und etwas Bodenfreiheit.«
Und als er mich leicht irritiert ansah, schob ich noch hinterher:
»Ich bin Geometra, ich muss ein Grundstück in den Bergen vermessen, für einen Kunden.«
Er nickte zufrieden.
»Ach ja, ich muss morgen sehr früh los, es wäre schön, wenn ich den Wagen schon heute Abend bekäme.«

Emanuele hatte sich seit gestern noch nicht wieder bei mir gemeldet. Tagsüber hatte ich mich damit getröstet, dass er sicher arbeiten müsse, sein Onkel streng war, und er keine Zeit hatte zu telefonieren oder eine Nachricht zu senden. Aber es ging auf acht

Uhr zu und langsam begann ich, mich zu ärgern, dass er nichts hören ließ. Wir hatten nicht darüber gesprochen, wie lange ich hier sein würde, aber zumindest war klar, dass mein Aufenthalt begrenzt war und somit keine Zeit blieb, Abende ungenutzt verstreichen zu lassen. Ganz kurz erwog ich, ihm eine SMS zu schicken, aber dann verwarf ich den Gedanken. Verdammt, ich war das Mädchen! Er hatte sich bei mir zu melden. Ich würde mich ihm ganz sicher nicht an den Hals werfen. Dann hatte er eben Pech gehabt.

Ich hatte keine Lust, auf ein weiteres Abendessen im Hotel, konnte mich aber auch nicht aufraffen, in ein anderes Lokal zu gehen, und so lief ich einfach nur in eine nahegelegene Bar und trank dort ein Glas Wein und stillte meinen Hunger recht unbefriedigend mit ein paar Aperitivo-Snacks, die auf der Theke aufgebaut waren, und auf die man Anspruch hatte, sobald man einen Drink orderte.

4.

Ich war um vier Uhr aufgewacht, eine ganze Stunde bevor mein Wecker gestellt war, und hatte mich dann aus lauter Langeweile fertiggemacht und war losgefahren. Meine Einkäufe aus dem Baumarkt waren in den Leihwagen umgeladen - bis auf die Taschenlampen, eines der Maßbänder und den kleineren Vorschlaghammer - und so war ich noch vor fünf Uhr auf dem Weg. Eigentlich hatte ich mit einem SUV gerechnet, irgend so einem Weichspüler-Geländewagen, der nur als Alibi einen Vierradantrieb hat, um irgendwie zu erklären, warum man solch ein Auto bauen muss, aber sie hatten mir tatsächlich einen echten Jeep gegeben. Mit groben Reifen, anstatt eines Dachs nur eine Zeltfolie, die jedoch schon abmontiert war, so dass ich komplett offen fahren konnte. Das Auto war laut, hakelig und wie ich aus Erfahrung wusste, ein echtes Ass im Gelände - und somit genau mein Ding. Ich hatte die beiden Flaschen Wasser und die Schokoriegel aus der Bar vom Vortag dabei und ließ mich von meinem Handy in die Hügel lotsen, ganz in die Nähe von Carlos Villa, wo ich heute Teil drei meines Ablenkungsmanövers starten würde.

Carlos war erstaunt gewesen, als ich ihn fragte, ob er ein paar Grundstücke besitzen würde, irgendwo, außerhalb der Stadt. Natürlich besaß er welche, eine ganze Reihe sogar. Ich war sie alle mit ihm durchgegangen und hatte mich dann für eines entschieden, das völlig einsam, weit oben in den Hügeln lag. Mein Navi quittierte den Dienst und behauptete, es würde keine Straße mehr geben. So ganz falsch war das nicht, denn die ohnehin schon löchrige Teerpiste ging plötzlich in einen gekiesten Feldweg über. Ich hatte eine Wegbeschreibung und derzufolge war ich richtig. Also fuhr ich einfach weiter und schaukelte über unzählige Schlaglöcher. Ich war froh, dass ich einen robusten Wagen bekommen hatte, bei dem ich mir keine Sorgen machen musste, ob ich aufsetzen würde, denn die Rinnen waren tief, unzählige Traktoren hatten ihre Spuren hinterlassen und der seltene Regen hatte sein Übriges getan, die Furchen noch tiefer auszuschwemmen. Ich hoppelte mehr als ich fuhr, fast zwanzig Minuten darauf herum. Dann hatte ich einen Hügelkamm erreicht, von dem aus sich mir ein grandioser Blick bot. Die Landschaft war karg, trocken und spröde. Viele unterschiedliche Brauntöne mischten sich mit etwas Gelb und dieses Farbspiel ließ den Tag noch heißer erscheinen, als er ohnehin schon war. Einen Moment dachte ich zurück, als ich mit dreizehn Jahren hier gewesen war, um meine Tante zu besuchen, um dann fast ein Jahr bei ihr zu leben. Damals hatte ich meinen Koffer auch so eine Anhöhe hinaufgeschleppt. Und in den langen Monaten hatte ich begonnen, diese abweisende Landschaft zu lieben. Wenn man lange genug hinsah, entdeckte man immer neue Farben. Hier ein paar hellgrüne Triebe, dort ein paar dunkelgrüne Blätter, das Weiß der Felsen und natürlich dieses unvergleichliche Blau des Himmels. Weil die Natur hier aufgrund der Trockenheit so sparsam mit frischen Farben umging, waren die paar Tupfer, die man erspähte, umso wertvoller. Schließlich gab ich mir einen Ruck. Ich war nicht hier, um die Gegend zu bewundern.

Das Grundstück, das ich suchte, war leicht zu erkennen. Eine Ruine, völlig zerfallen, aber dennoch nicht zu übersehen, wies mir den Weg. Die Mauer, die es wohl irgendwann einmal gegeben haben mochte, war längst in sich zusammengefallen. Die Zufahrt wurde von zwei Säulen gesäumt, die Kette, die sie versperrte, war längst verrostet und gerissen. Ich fuhr ein paar Meter hinein und stieg aus. Das Haus war einmal riesig gewesen, aber jetzt war nicht mehr viel davon übrig. Aus dem Schuttberg ragten ein paar schwarz verkohlte Balken heraus, sie hatten einst das Dach getragen und ihr Zustand ließ darauf schließen, dass das Haus abgebrannt und dann in sich zusammengestürzt war. Hier also hatte mein Vater Carlos das Leben gerettet, als er ihn im letzten

Moment aus dem Haus trug und auf dem Vorplatz liegen ließ, wo ihn einer seiner Männer fand. Kurz bekam ich Gänsehaut. Dass es das ehemalige Haus von Carlos war, war für mein Vorhaben ganz besonders gut. Eigentlich hatte ich gehofft, Carlos würde irgendein Grundstück besitzen, auf dem es einen alten Keller gab. Aber Keller waren hier auf dem Land mit dem felsigen Untergrund nicht üblich. Und so hatte ich mich schließlich doch für dieses hier entschieden, auf dem sein ehemaliges Haus stand. Egal. Es wusste ja schließlich niemand, dass es hier keinen Keller gab. Wichtig war nur, dass jeder glauben würde, dass es einen gäbe.

5.

Ich hatte mein ganzes Equipment aus dem Baumarkt ausgeladen und stand dann mit einem Blatt Papier in der Hand nachdenklich auf dem Grundstück. Ich blickte immer wieder in verschiedene Richtungen, ganz so, als ob ich einen Anhaltspunkt suchen würde. Jeder, der mich beobachtete, musste denken, ich studiere ganz intensiv einen Lageplan, um etwas zu finden. Dann begann ich, von den ehemaligen Hausecken aus zu messen und meine Pflöcke auszulegen. Ich korrigierte die Lage mehrmals und ließ mir viel Zeit damit. Ich wusste natürlich nicht, ob mir jemand zusah, aber ich ging davon aus und daher wollte ich, dass das, was ich da tat, absolut authentisch wirkte. Schließlich nickte ich zufrieden, kritzelte ein paar Notizen auf meine Skizze, sah demonstrativ auf die Uhr und verließ dann das Grundstück. Für heute hatte ich genug getan. Jetzt sollten sie erst mal nachsehen, wem das Grundstück gehörte. Wenn sie dann wussten, dass es das ehemalige Haus von

Carlos war, würden sie sicher ihre Schlüsse daraus ziehen und damit hoffentlich eine Menge Zeit vertun. Mein Plan war, die nächsten Tage immer wieder zu diesem Grundstück zu fahren, nachts hingegen würde ich unauffällig und unbemerkt den Keller in der alten Kirche suchen.

So wirklich wohl war mir bei alledem nicht, aber ich versuchte, alle Gedanken zu verdrängen und ich musste so schnell wie möglich Carlos' Buch finden. Ich wollte wieder nach Hause und all das hier hinter mir lassen. Auf dem Weg zurück in die Stadt hielt ich an einer kleinen Trattoria und aß lustlos einen Teller Nudeln. Nicht, dass sie nicht gut waren, aber immer wieder schnürte es mir den Magen zu, wenn ich daran dachte, dass ich am Abend versuchen würde, in die Kirche zu gelangen. Ich wollte am Nachmittag etwas Schlaf nachholen und mich dann, wenn es dunkel war, auf den Weg machen. Emanuele fiel mir wieder ein. Er hatte sich immer noch nicht gemeldet und das konnte nur bedeuten, dass er kein Interesse mehr hatte, mich zu sehen. Ein weiterer Gedanke, der nicht gerade dazu beitrug, meine Laune zu heben.

Es war wieder heiß und schwül und als ich die klimatisierte Lobby meines Hotels betrat, sog ich gierig die kühle Luft ein. Ich war heilfroh, dass ich das Hotel gewechselt hatte, und freute mich auf etwas Schlaf in meinem Zimmer. Zuvor allerdings brauchte ich noch etwas, um meine Nerven zu beruhigen, und so setzte ich mich an die Bar und bestellte mir einen Campari-Soda, wie immer mit endlos viel Eis. Die Halle war fast leer um diese Zeit. Ein älteres Pärchen diskutierte an der Rezeption vermutlich ein paar Sehenswürdigkeiten, denn der

Mann am Tresen zeigte immer wieder etwas auf einem Stadtplan. Drei Geschäftsleute in eleganten Anzügen saßen in einer der Lounging-Ecken und hatten sich über einen Laptop gebeugt. In einem der schweren Sessel saß jemand, den ich aber nicht sehen konnte, da er fast komplett von seiner Zeitung verdeckt wurde, und am anderen Ende der Bar stand ein einzelner Mann. Ich hatte meinen Blick ganz unbewusst und beiläufig einmal durch die Hotelhalle schweifen lassen, ohne mir etwas dabei zu denken. Aber der Typ, der mit mir hier an der Bar war, musste meinen Blick missverstanden haben, denn anders konnte ich mir nicht erklären, dass er plötzlich aufstand und auf mich zukam.

Er blieb direkt neben mir stehen, sah mich mit ruhigen Augen an und sagte:
»Signora Ravenna? Erlauben Sie, dass ich mich einen Augenblick setze?«
Er wartete meine Antwort gar nicht erst ab, sondern nahm Platz. Der Barista wollte sich gerade in Bewegung setzen, um zu fragen, ob er etwas bringen dürfe, aber ein ganz kurzes Kopfschütteln ließ ihn in der Bewegung innehalten und dann drehte er sich weg und machte sich am anderen Ende der Bar zu schaffen.
Ich war fassungslos! Hörte das denn nie auf, dass hier ständig neue Menschen auftauchten, die wussten, wer ich war, um mich dann mit irgendetwas zu belästigen?
Ich klammerte mich an meinem Glas fest und sah mich nochmals um. Aber zu meiner Beruhigung hatte sich ansonsten in der Halle nichts verändert. Ich war nicht alleine mit diesem Mann, der mir, warum konnte ich nicht sagen, ungeheuere Angst einflößte.

Er trug ein blau gemustertes Sakko, seine Hemdsärmel hatten exakt die richtige Länge und man sah edle Manschettenknöpfe, die farblich zu seiner altmodischen, aber sehr eleganten Armbanduhr passten. Was mich aber richtig irritierte, war, dass er trotz der Hitze Handschuhe trug. Es waren schicke Handschuhe, aber im Schnitt eher für grobe Arbeiten, nichts, was der geneigte Automobilfan eventuell aus Tradition auch im Hochsommer überstreift. Sein Haar war militärisch kurz und schneeweiß. Die riesige Sonnenbrille rundete das Bild ab, das ich inzwischen von ihm hatte. Genau so stellte man sich landläufig einen Killer vor. Einen dieser Profis, die jeden Menschen, ohne Spuren zu hinterlassen, beseitigen können. Und jetzt wusste ich auch, was mir an ihm so sehr Angst machte.

Ich nickte flüchtig, denn seine ursprüngliche Frage, ob er sich setzen dürfe, hing noch immer zwischen uns. Dann trank ich einen Schluck und versuchte seine Augen hinter der Brille zu erkennen:
»Was kann ich für Sie tun?«

6.

»Nun, Signora, Sie wissen sicher, für wen ich arbeite?«
Ich hatte keinen Schimmer, wollte aber auch nicht völlig ahnungslos wirken, also machte ich eine vage Handbewegung, die er offensichtlich als ein "Ja" deutete.
»Gut«, fuhr er fort, »nun, wir würden gerne wissen, welche Vereinbarungen Sie da gerade mit Signor Inzigniano treffen.« Er klang sehr verbindlich, aber dennoch hatte ich den Eindruck, dass jede falsche

Antwort von mir die scheinbar freundliche Fassade ganz schnell zum Einsturz bringen würde.
Der Kellner wagte einen zweiten Vorstoß, doch noch etwas Umsatz mit seinem neuen Gast zu machen, aber wieder stoppte ihn der Blick, so wie beim ersten Versuch. Meine Gedanken überschlugen sich. Sollte ich nochmals die Geschichte vom Umbau erzählen? Ich war es langsam wirklich leid, dass jeder scheinbar dachte, er könne mich, wann immer es ihm beliebte, einfach mit Fragen bombardieren. Und wie immer wurde ich ganz schnell sehr wütend. Und wie immer, wenn ich wütend bin, ließ ich mich auch jetzt wieder hinreißen, Blödsinn zu machen. Da mein Gesprächspartner immer noch seine Sonnenbrille trug, schob ich meine auch demonstrativ aus den Haaren vor meine Augen, dann nippte ich gelassen an meinem Glas, sah ihn lange an und sagte:
»Und was genau bewegt Sie zu dem Gedanken, dass Sie das auch nur irgendetwas angehen könnte?«
Er setzte an, etwas zu erwidern, schluckte, setzte nochmal an und sein Gesicht wechselte minimal die Farbe. Scheinbar war meine Antwort aus seiner Sicht so ungeheuerlich, dass er keine Worte fand.
Ich nippte abermals an meinem Drink, sah ihn dann wieder fest an:
»Nun?«
Jetzt war er es, der mich lange anblickte, bevor er wieder sprach. Scheinbar hatte er seine Fassung wiedergefunden:
»Wissen Sie, Signora Ravenna, wir sehen es nicht so gerne, wenn Leute von außerhalb kommen und sich in unsere Strukturen einmischen. Wir müssen dann wissen, aus verschiedenen Gründen, die ich Ihnen nicht erläutern muss, was genau sie hier wollen.«

Ich spielte mit meinem Glas, das ich zwischen den Händen drehte. Ich hatte keinerlei Ahnung, was das für Gründe waren, vermutlich müsste man gelerntes Bandenmitglied sein oder irgendeine andere Art krimineller Karriere gemacht haben, um das zu verstehen. Ich wollte gerade irgendetwas antworten, als er nachsetzte:
»Wir wollen wissen, in welcher Beziehung zu Carlos Sie stehen, wen Sie vertreten und was genau Sie hier wollen!« Der letzte Satz war kalt und direkt gewesen. Alle Verbindlichkeit war, wie ich vorhin schon vermutet hatte, verschwunden. Sicherlich wäre jetzt der richtige Zeitpunkt gewesen, doch noch auf die Geschichte mit dem Umbau umzuschwenken, aber ich war immer noch wütend, also antwortete ich stattdessen:
»Sie wollen wissen, in welcher Beziehung unsere Familie zu Carlos steht? Nun, mein Vater hat seine ersten Geschäfte bereits vor vierzig Jahren mit Signor Inzigniano getätigt.«
Woff. Das saß! Er begann nervös auf seinem Stuhl herumzurutschen. Und ich hätte mir am liebsten selbst in den Hintern getreten. War ich denn komplett durchgeknallt? Ich hatte also jetzt unsere Familie als "Familie" dargestellt, die seit fast einem halben Jahrhundert mit Carlos Geschäfte macht. Und jetzt, da er im Sterben lag, mussten sie denken, wir wollten seinen Platz hier in der Stadt übernehmen. Nur ein Glück, dass sie scheinbar nichts vom Archiv wussten. Aber da täuschte ich mich, wie seine nächste Frage bewies:
»Und das Archiv? Will Carlos Ihnen auch das Archiv aushändigen?«
Verdammt! Sie wussten also davon. Ich hatte mich so richtig tief in die Scheiße geritten. Wie sollte ich aus

der Nummer wieder herauskommen? Ich war jetzt also für die ansässigen Familien hier die "junge Patin", die hergekommen war, um alles an sich zu reißen. Ich musste Zeit gewinnen. Ich musste ein paar Tage herausschinden, um das verdammte Notizbuch zu finden und dann schleunigst von hier zu verschwinden. Und ich musste ruhig bleiben, ich durfte ihn auf keinen Fall merken lassen, dass es mich vor Aufregung fast zerriss. Ich schob das Glas, mit dem ich die ganze Zeit gespielt hatte, von mir, sah ihn wieder an:
»Wir werden ein Treffen einberufen. Zu gegebener Zeit. So in etwa einer Woche. Geben Sie das weiter, dann reden wir über alles.« Ich sah demonstrativ auf die Uhr:
»Und jetzt entschuldigen Sie mich bitte, ich habe noch so wahnsinnig viele Meetings heute.«
Er war aufgesprungen, nickte, setzte an, etwas zu sagen, ließ es dann doch, nickte nochmals und im nächsten Moment war er verschwunden.

Ich atmete tief durch und dann wollte ich nur noch nach draußen, in die Sonne, eine Zigarette rauchen und die kalte Aura dieses Mannes vergessen. Ich hatte Gänsehaut. Und mir war übel. Was hatte mich nur geritten, so einen Schwachsinn von mir zu geben? Sicher würden sie jetzt Killer auf mich ansetzen, die mich erst folterten und dann mit Betonschuhen ins Hafenbecken warfen. Ich kletterte mühsam von meinem Barhocker und machte, dass ich ins Freie kam. Der Mann, der die ganze Zeit hinter seiner Zeitung verschanzt da gesessen hatte, ließ seinen Lesestoff genau in dem Moment sinken, als ich an ihm vorbeilief. Es war ein alter Bekannter,

Commissario Borrata - und er sah in keiner Weise erfreut aus, so missbilligend wie er mich anstarrte.

7.

Wir standen auf der Terrasse des Hotels, etwas abseits, und rauchten beide. Der Commissario hatte sich wieder eines seiner Zigarillos angezündet und während ich noch überlegte, was er diesmal von mir wollte, sprach er endlich:
»Jetzt also auch noch Saverio Mancuso!«
Ich sah ihn verständnislos an, es fiel mir schwer zu denken, schließlich fragte ich ihn:
»Ist das der Mann, mit dem ich gerade gesprochen habe?«
Jetzt war es an ihm, erstaunt zu schauen:
»Sie wissen nicht, wer das eben war?« Sein Blick war wieder so durchdringend wie bei unserer ersten Begegnung.
»Ich habe keine Ahnung, wer das war!«
»Er ist der Consigliere des Mancuso-Clans. Saverio Mancuso ist Carlos Inzignianos größter Feind. Und fast genau so mächtig wie er. Aber eben nur fast.«
Er zog heftig an seinem Zigarillo, betrachtete dann angewidert den Stummel und trat ihn aus.
»Was haben Sie mit diesen Leuten zu schaffen? Weshalb sind Sie hier?«
Fast war ich versucht, ihm alles zu erzählen, von Carlos, dem Archiv, woher mein Vater ihn kannte. Vielleicht wäre es das Beste, das alles in Hände zu legen, die damit umgehen konnten. Ich konnte es nicht. Ich war völlig überfordert. Jetzt gab es also noch eine weitere Familie, die neben der Polizei und ehemaligen Polizei hinter mir her war. Ich wusste nicht, wie ich noch irgendwie den Überblick behalten

sollte. Witzigerweise fiel mir just in diesem Moment Emanuele wieder ein. Mit dem ich ja auch noch gerne Zeit verbringen würde, in all diesem Schlamassel. Und dann funktionierte mein Verstand plötzlich wieder einigermaßen normal. Ich verwarf den abwegigen Gedanken an Emanuele und schalt mich selbst eine Närrin. Natürlich würde ich dem Commissario nichts von alledem erzählen. Ich hatte schließlich erst heute so mühsam damit begonnen, die anderen Polizisten zu beschäftigen. Ich bräuchte einfach nur ein paar Tage Luft. Sobald ich das Notizbuch sichergestellt haben würde, war das Archiv für mich und Carlos egal. Und wenn die Ermittler es dann finden würden, sagen wir, weil eine gewisse Person ihnen einen geheimen Tipp dazu geben würde, dann hätten alle Beteiligten hier ganz anderes zu tun, als sich noch großartig um mich zu kümmern. Ja! Das war ein Plan, der aufgehen konnte. Und so lächelte ich den alten Commissario einfach freundlich an und sagte:

»Sie sehen immer hinter allem einen so wichtigen Grund. Ich kannte diesen Mann vorhin bis gerade eben gar nicht. Er wollte einen Kontakt zu Carlos, über mich. Aber ich habe ihm gesagt, dass ich ihm da nicht helfen kann. Carlos geht es sehr schlecht im Moment, er hat wohl nicht mehr viel Zeit.«

»Es geht ihm schlecht?«, hakte Borrata sofort nach. »Wie schlecht?«

»Nun, die Ärzte geben ihm nicht mehr lange. Er kann sich kaum mehr bewegen, sitzt in einem Rollstuhl und auch das Sprechen fällt ihm schwer.«

»Und das ist nicht gespielt? Er liegt wirklich im Sterben?«

»Also, ich habe nicht Medizin studiert, aber wäre er aus meiner Familie, ich würde den Priester zur letzten Ölung rufen.«
Er nickte gedankenverloren, sah mich wieder durchdringend an, aber dann schüttelte er den Kopf und starrte plötzlich auf einen imaginären Punkt in der Ferne.
Ich nutzte die Gelegenheit, murmelte etwas von einem wichtigen Anruf und machte, dass ich auf mein Zimmer kam.

Kapitel 5

1.

Der Kuss, den mir Emanuele gab, war so unglaublich, dass mir die Knie weich wurden. Als sich unsere Lippen endlich wieder voneinander lösten, lehnte ich mich schwer atmend an seine Brust und er hielt mich einfach fest. Wir standen endlos so da und von mir aus hätte ich nie wieder irgendetwas anderes machen wollen, als einfach in diesen Armen zu sein und seinen warmen Atem an meinem Hals zu fühlen. Schließlich, nach einer gefühlten Ewigkeit, lösten wir uns etwas voneinander. Ich sah ihm lange in die Augen und er erwiderte meinen Blick. Ganz behutsam trat die Umgebung wieder in meinen Fokus und hatte ich gerade noch das Gefühl gehabt, irgendwo auf einem fremden Planeten zu sein, in absoluter Stille, so nahmen neben den Konturen um mich herum auch die Geräusche wieder Gestalt an. Wir standen an der Hafenmole, an eine Mauer gelehnt, wie viele andere Paare auch, die sich hier einfach noch ein wenig die Beine vertraten, sich küssten oder ihre Zukunft planten. Eigentlich hatte ich in dieser Nacht vorgehabt, in die alte Kirche einzudringen, um die Keller zu suchen. Aber jetzt gerade war das alles so weit weg, war mir das alles so egal. Und dann, wie auf ein geheimes Kommando hin, näherten sich unsere Lippen wieder einander an, um den nächsten unglaublichen Kuss zu erleben.

Dieser verrückte Tag hatte eine Überraschung nach der anderen für mich bereitgehalten. Zuerst meine Aktion auf dem Grundstück, dann der dubiose Mann mit den Handschuhen an der Bar und schließlich der alte Commissario. Nach dem Gespräch mit ihm war ich in meinem Zimmer gewesen, um endlich etwas zu schlafen, damit ich nachts fit wäre, wenn ich mich auf den Weg zur Kirche machte.

Ich stand gerade unter der Dusche, als mein Handy klingelte, und irgendwie wusste ich - hoffte ich zumindest - das sei endlich Emanuele, und ich hatte mir fast die Beine gebrochen, weil ich so hastig und tropfnass, das halbe Zimmer einweichend, aus dem Bad gesprungen war, um ja rechtzeitig an mein Telefon zu kommen.
Es war tatsächlich Emanuele gewesen, der mir irgendetwas von seinem Onkel und einer kurzfristigen Geschäftsreise erzählte, aber ich hatte gar nicht richtig zugehört. Mein Herz hämmerte wie wild und ich war einfach so glücklich, endlich seine Stimme zu hören, dass er mir sonstwas hätte erzählen können; es war mir schlichtweg egal.

Die nächsten Stunden nach seinem Anruf verbrachte ich in völliger Hektik. Ich rasierte mir die Beine, legte eine Maske auf und lud nach und nach alle Kleidung, die ich dabei hatte, vom Schrank aufs Bett, in dem verzweifelten Unterfangen, auch ja das perfekte Outfit zu finden. Ich glaube, wenn Männer sehen könnten, was wir alles veranstalten vor einem Date mit ihnen, um nur ja perfekt zu sein, sie würden ihren Augen nicht trauen. Nur damit wir dann scheißcool so tun können, als wären wir die Ruhe selbst und hätten die Stunden zuvor nur mit Meditation und anderen unaufregenden Dingen verbracht.

Wir trafen uns vor dem Hotel. Ich war schon ein paar Minuten früher unten und rauchte noch eine Zigarette, als er endlich ankam. Wir küssten uns auf die Wangen und wieder schlug mein Herz wie wild. Er erzählte mir nochmal die Geschichte von seiner überraschenden Reise und warum er sich nicht eher hatte melden können, aber wieder hörte ich kaum zu, nickte ab und an, und als er endlich kapierte, dass ich nicht sauer war, fragte er:
»Wollen wir essen gehen? Ich kenne da ein bezauberndes kleines Restaurant, etwas außerhalb, aber direkt am Strand?«
Außerhalb, bezaubernd und direkt am Strand war genau mein Geschmack. Ich nickte begeistert und er nahm meine Hand und ging mit mir auf seinen Wagen zu. Er fuhr eine schicke Limousine, aber sie hatte einen entscheidenden Nachteil, es war kein Cabrio. Und der Abend war so wundervoll, dass es schade gewesen wäre, auch nur eine Sekunde nicht im Freien zu verbringen und so gab ich ihm einfach meine Wagenschlüssel.
»Wollen wir meinen nehmen und offen fahren?«
Er sah mich einen Moment erstaunt an, dann lächelte er, nahm die Schlüssel und chauffierte mich zum Abendessen.

2.

Das Lokal war wirklich absolut bezaubernd. "Direkt am Strand" war noch untertrieben, es lag quasi direkt am Ufer. Wir hatten einen Platz auf der Terrasse und konnten endlos weit aufs Meer schauen. Die untergehende Sonne verzauberte alle Farben und ließ die Luft leicht milchig wirken, wie ein mystischer

Schleier, der alles bedeckte und dazu eine Ruhe ausstrahlte, die mich völlig entspannen ließ.

Die Fahrt hierher war schon unglaublich schön gewesen. Emanuele war ein guter Fahrer und so musste ich mich überhaupt nicht aufregen, was ich sonst immer tue, wenn ich nicht selbst ans Steuer darf. Wir hatten das Dach meines kleinen Fiats geöffnet und die Luft, die uns umschmeichelte, war warm und duftete nach Sommer, nach verbranntem Gras, der Hitze des Tages, nach allen erdenklichen Kräutern und dem Salz des Meeres.

Der Kellner brachte uns unaufgefordert zwei Gläser Prosecco und die Speisekarten und wir ließen uns Zeit, etwas auszuwählen. Wir tranken ab und zu einen Schluck, aber redeten nicht. Wir sahen uns nur immer wieder an und unsere Augen übernahmen das Gespräch und erzählten sich unsere Wünsche - und die waren sich wohl ziemlich ähnlich.

Emanuele schien den Besitzer des Restaurants gut zu kennen, denn der kam irgendwann an unseren Tisch, die beiden wechselten ein paar Worte, ich wurde vorge- stellt und dann sagte Emanuele den magischen Satz, der für dieses Essen einfach perfekt war: »Gino, sei so lieb, bring uns einfach nach und nach was du Gutes hast, ja? Wir vertrauen dir da ganz und gar.« Dazu sah er mich an und ich nickte sofort bestätigend. Ja, Gino war Wirt und Koch mit Leib und Seele, das erkannte ich sofort. Und da wir so nah am Meer waren, stellte sich die Frage, ob Fisch oder Fleisch, gar nicht, es gab natürlich ohnehin nur das, was das Meer an Leckereien zu bieten hat.

Wir aßen endlos. Wir bekamen Gang für Gang die verschiedensten Meeresfrüchte, zuerst kalt, dann mit Nudeln und schließlich eine schöne Auswahl an Fischen, direkt vom Grill. Dazu immer wieder einen frischen Krug mit einem herrlichen Weißwein und als wir dachten, wir könnten nicht mehr, lud Gino uns noch auf einen gewaltigen Dessert-Marathon ein. Auch hier fuhr er nochmals mehrere Gänge auf. Als wir schließlich bei Espresso, Limoncello und einer Zigarette angekommen waren, strahlten Emanuele und ich uns glücklich an. Was Essen anbelangte, waren wir schon Mal absolut kompatibel.

Wir hatten auch während des Essens nicht viel geredet, zu sehr waren wir damit beschäftigt, alles zu genießen, uns gegenseitig gute Stücke in den Mund zu schieben und zwischendurch immer wieder einen Blick auf das ruhige, glatte Wasser zu werfen. Während der Stunden war die Sonne ganz untergegangen und das Meer erwachte zum Leben. Überall blinkte es, manche Punkte bewegten sich kaum, andere fuhren schnell durchs Bild, je nachdem, wie weit die Schiffe entfernt waren. Dazu konnte man die ganze Küstenlinie entlangblicken, die sich durch die Lichter der Orte und Restaurants und Bars scharf von der Wasserkante abzeichnete. Der leichte Dunst vom frühen Abend hatte sich verzogen, war von der sanften Brise, die vom Meer her kam, aufgelöst worden und so sah man kilometerweit in beide Richtungen, bis irgendwo eine Landzunge zu weit ins Wasser ragte und damit das Schauspiel unterbrach.

»Wie lange wirst du noch hierbleiben?«
Ich sah ihn eine Weile an. Ich hatte den ganzen Abend alle Gedanken an Carlos, das Archiv, mein

Vorhaben beiseitegeschoben. Was sollte ich ihm antworten? Noch konnte ich so tun, als mache ich hier Urlaub, aber lange würde die Geschichte nicht mehr funktionieren, unglaubwürdig werden. Und dann hatte ich eine Idee.
»Eigentlich nicht mehr lange, ich wollte noch ein paar andere Städte ansehen, Freunde besuchen, aber das ist alles nur vage vereinbart. Ich habe keinen genauen Zeitplan.«
Er nickte und kurz huschte ein Lächeln über sein Gesicht, so als hätte er gefürchtet, ich wäre schon fast auf dem Sprung abzureisen.
»Und, hast du schon viel Interessantes gesehen?« Die Frage klang irgendwie seltsam. Ich wusste nicht warum, aber vielleicht lag es daran, dass er sich unter meiner Arbeit nicht viel vorstellen konnte.
»Ja, es ist so sehr viel schöner, als ich es in Erinnerung habe.«
»Du warst schon einmal hier?« Er wirkte erstaunt.
»Ja, als Kind. Bei meiner Tante, oben in den Bergen. Aber sie war damals schon sehr alt, sie lebt nicht mehr.« Kurz machte mich die Erinnerung an Zia Roberta traurig. Ich hatte sie sehr gemocht und ich war ihr sehr verbunden, schließlich hatte ich nicht nur ein Jahr bei ihr gelebt, sie hatte auch mein Kind zur Welt gebracht. Der eigentliche Grund, warum ich zu ihr geschickt worden war, damals, als ich selbst noch fast ein Kind war.
»Wie kommt es, dass du hier Verwandte hast, so weit im Süden?«
»Mein Vater, also nicht er, aber seine Vorfahren, stammen von hier.«
Er zog belustigt die Augenbrauen hoch:
»Dann bist du also quasi Sizilianerin?«
Ich musste lachen.

»Quasi, ja.«
»Nicht zu fassen. Und ich stelle dich extra nicht meinen Eltern vor, weil ich dachte, nun, wenn ich denen eine aus dem Norden anschleppe, enterben sie mich.«
Ich hatte gerade an meinem Limoncello genippt, sah ihn eine Sekunde fassungslos an, begriff dann, dass er einen Scherz gemacht hatte, und musste so lachen, dass ich den Limoncello aus meinem Mund auf dem halben Tisch verteilte. Es war ungeheuer peinlich! Aber Emanuele sah das anders. Er musste darüber derart lachen, dass ihm die Tränen übers Gesicht liefen, und als die ersten Gäste begannen, sich nach uns umzusehen, wurden wir beide knallrot und versuchten, uns zu beherrschen, aber es ging nicht, wir platzten immer wieder laut heraus und es war schlicht göttlich.

Dann liefen wir an der kleinen Mole entlang und ich bekam wie immer noch ein Eis. Scheinbar war das ein Pflichtprogramm, wenn ich mit ihm unterwegs war, aber eine Pflicht, der ich mehr als gerne nachkam. Wir hatten unser Eis und schlenderten die Uferbefestigung entlang und Emanuele nahm unser Gespräch wieder auf:
»Und wie kommt es, dass ihr dann jetzt alle im Norden lebt, wenn dein Vater doch von hier ist?«
»Irgendwann hat sich die Familie geteilt. Ein paar gingen in den Norden, kauften Land und ließen sich dort nieder. Darunter auch meine Großeltern. Sie begannen Wein anzubauen, weil es das war, was sie am besten konnten.«
»Und dein Vater hat dann den Hof übernommen?«
»Ja. Später. Zuerst ging er hierher zurück. Wollte hier in der alten Heimat wieder etwas aufbauen. Aber

dann starb sein Vater und sein Bruder verunglückte tödlich. Beide am selben Tag. Und da ging er zurück, übernahm den Hof, weil seine Mutter alleine nicht dazu in der Lage gewesen wäre, alles zu bewirtschaften.«
Er nickte nachdenklich.
»Ja, verstehe. Für die Familie tut man alles.«
Eine Weile hingen wir beide unseren Gedanken nach, sprachen nichts. Dann sah er mir tief in die Augen, nahm mein Gesicht in seine Hände, ganz behutsam, und küsste mich.

3.

Ich wachte auf, als es gerade zu dämmern begann, und einen Moment wusste ich nicht richtig, wo ich mich befand. Dann fiel mir der gestrige Abend wieder ein und kurz war ich völlig verunsichert und griff im Bett neben mich. Aber es war leer und dann setzte meine Erinnerung wieder ein. Nach diesem unglaublichen Kuss hatten wir nicht mehr viel gesprochen. Wir waren irgendwann zu meinem Wagen gelaufen, eng umschlungen, und dann hatte mich Emanuele zurück in mein Hotel gebracht. Es war noch immer so warm, dass wir auch zurück mit offenem Verdeck fahren konnten, und der Fahrtwind brachte angenehme Erfrischung nach unserem Abend - und dem Kuss, der meinen Puls immer noch rasen ließ und mir ordentlich einheizte.

Ich hatte die ganze Fahrt überlegt, wie ich mich verhalten sollte. Was ich sagen würde, wenn er noch mit mir auf mein Zimmer kommen wollte, oder wie wir uns verabschieden würden, dass es nicht peinlich wäre. Tausend Gedanken gingen mir durch den Kopf.

Aber Emanuele war ganz Gentleman. Er brachte mich noch bis zum Eingang des Hotels, nahm mich einen Augenblick fest in die Arme, küsste mich auf die Stirn und flüsterte mir ein »Buonanotte, amore« ins Ohr.

Ich versuchte, noch etwas zu schlafen, aber es gelang mir nicht, dauernd schoben sich die Gesichter der inzwischen riesigen Menge an Beteiligten vor meine Augen und ich warf mich eine Viertelstunde lang hin und her und dann hatte ich genug und stand auf. Die Hotelbar hatte noch geschlossen und so machte ich mich einfach fertig und fuhr los, wieder hinauf in die Hügel, zu Carlos ehemaligem Haus.

Auf dem Weg fand ich eine Bar, die geöffnet hatte, und dort setzte ich mich kurz auf einen Cappuccino und ein Hörnchen und blätterte lustlos in einer der Zeitungen, die auslagen. Ich war viel zu früh dran, um schon ans Grundstück zu fahren und so änderte ich die Richtung und nahm die nächste Abzweigung, die zum Meer hinunterführte. Dort suchte ich eine Weile, bis ich fand, was ich jetzt brauchte, und parkte meinen Wagen. Dann lief ich am Strand entlang, auf den Leuchtturm zu, den ich vom Auto aus gesehen hatte. Zu Hause war das mein tägliches Ritual. Früh am Morgen, wenn nur ein paar Muschelsucher und Spaziergänger unterwegs sind, dann laufe ich am Strand bis zu "meinem" Leuchtturm. Dort lehne ich mich dann an seine dicken Mauern und erzähle ihm, was mir so durch den Kopf geht, was mich bedrückt, sorgt oder freut. Vielleicht war ja dieser Leuchtturm auch so tröstend wie meiner daheim, wenn nicht, dann hatte ich wenigstens noch einige Zeit herumgebracht.

Als ich den Turm erreichte, war ich enttäuscht. Er war modern, bunt gestrichen, die Wände ordentlich verputzt - und er war eingezäunt. Ich zuckte mit den Schultern, lief zurück, nahm mir noch an einer der Strandbars, die sich gerade für den Tag rüsteten, einen Espresso mit und dann war es endlich spät genug, zum Grundstück zu fahren.

4.

Dort war alles unverändert, so wie ich es gestern zurückgelassen hatte. Die Holzpflöcke lagen vorbereitet an ihren imaginären Positionen, es gab keine Reifenspuren, außer denen, die von meinem Wagen stammten, der Vorschlaghammer war noch da, wo ich ihn oberflächlich versteckt hatte. Ich zog wieder meine Show ab. Allerdings war ich mir heute gar nicht mehr so sicher, dass sie mich wirklich beobachteten. Ich schaute immer wieder auf meine Skizze, schritt ein paar Entfernungen ab, rollte das Maßband aus, korrigierte die Lage der Pflöcke etwas und trieb dann den ersten in die Erde. Als alle gesetzt waren, spannte ich eine Schnur, die sie miteinander verband. Wäre das ein echter Auftrag gewesen, ich hätte mit meiner Arbeit zufrieden sein können. Und dann sah ich zu meinen Füßen plötzlich eine Zigarettenkippe liegen. Sie war frisch, weder jemals nass geworden, noch von der Sonne verblichen. Egal wie sehr die Leute aufpassten, keine Spuren zu hinterlassen, an ihre Kippen denken sie selten. Ich hatte schon so oft auf meinen Baustellen diese Überreste gefunden, dass ich fast ganz automatisch darauf achtete. Normalerweise waren sie ein Indiz dafür, dass ein Landstreicher eine Nacht auf der Baustelle verbracht hatte. Oft aber waren sie auch von Dieben, die hofften, Werkzeug und Material klauen zu können. Hier, auf diesem Grundstück allerdings, war es für mich der Beweis, dass ich doch beobachtet wurde.

Ich war fertig für heute, kritzelte wie am Vortag noch ein paar unleserliche Notizen in meinen Lageplan und dann machte ich, dass ich wegkam.

Auf dem Weg zum Hotel fuhr ich an der Gärtnerei vorbei, die mir ein Angebot für den fiktiven Umbau an Carlos' Villa machen sollte. Ich hielt spontan, verwarf das gesamte Konzept und bat um eine neue Planung der künftigen Bepflanzung.

Zurück am Hotel parkte ich meinen Leihwagen auf dem Parkplatz und als ich die Lobby betrat, sah ich dort in einem der Sessel Santo sitzen, den Mann, der nachts in meinem Hotelzimmer gewartet hatte. Er trug, wie beim letzten Mal, wieder seine enge schwarze Lederjacke und hatte seine Sonnenbrille nicht abgenommen. Er nickte mir kurz zu und deutete mit einem Kopfnicken nach draußen. Dann stand er auf und ich folgte ihm durch den Seitenausgang.

Er lehnte lässig an der Mauer des Hotels und rauchte. Ich konnte seine Augen durch die Sonnenbrille nicht sehen, aber ich war mir sicher, dass sein Blick stechend und arrogant war. Alles andere hätte auch nicht zu seiner gesamten Ausstrahlung gepasst - die mir höchst zuwider war.

»Nun? Wie weit bist du mit der Sache für Carlos?« Ohne Umschweife auf den Punkt!
Ich zuckte mit den Schultern. Was sollte ich ihm sagen? Schließlich antwortete ich vage:
»Das läuft, ich bin dran.«
Er sah mich eine ganze Weile an, dann:
»Geht's ein bisschen genauer? Carlos wird ungeduldig!«
»Ein paar Tage noch ...« ich ließ den Satz einfach in der Luft hängen, wusste nicht so recht, wie ich mich verhalten sollte, und der Versuch, es genauso lässig zu sagen, wie er mit mir redete, scheiterte kläglich an meiner Aufregung.
Wieder fixierte er mich eine ganze Weile. Dann trat er seine Zigarette aus.
»Beeil dich ein bisschen und gib mir Bescheid!«
Damit stieß er sich von der Mauer ab und ging zurück in die Lobby, wohl um das Hotel nach vorne zu verlassen.
Eine Weile stand ich unbeweglich da und versuchte, meine Gedanken zu ordnen, dann wollte ich nach meinen Zigaretten greifen, aber die hatte ich wohl im Auto vergessen. Anders als Santo zuvor lief ich einfach außen ums Hotel, um zu meinem Wagen zu gelangen. Als ich den Parkplatz erreichte, überquerte er bereits die Straße und ging auf eine schwarze Limousine zu, die scheinbar auf ihn wartete, denn er steuerte die Beifahrerseite an. Die Scheiben waren leicht getönt, so dass ich den Fahrer nicht erkennen konnte. Als Santo die Türe öffnete, wollte ich einen Blick erhaschen. Aber aus meinem Winkel war der Kopf des Fahrers nicht zu sehen. Das war auch gar nicht notwendig. Ich sah seine Hände, die ordentlich in "zehn vor zwei"-Stellung auf dem Lenkrad ruhten. Okay, eigentlich sah ich seine Hände nicht, weil die

in braunen Lederhandschuhen steckten, eben jenen Handschuhen, die der Consigliere von Carlos' ärgstem Feind neulich trug, als er mich in der Lobby angesprochen hatte.
Ich trat instinktiv hinter einen Van auf dem Parkplatz, damit mich die beiden nicht entdeckten. Santo hatte also offensichtlich bereits die Seiten gewechselt, vermutlich im Hinblick darauf, dass Carlos nicht mehr lange sein Arbeitgeber sein würde. Und nun wollte er natürlich etwas Spektakuläres liefern, als Einstieg, für seine neue "Familie". Seine Frage vorhin war seltsam gewesen. Als er sich nach "der Sache" erkundigte, die ich für Carlos erledigen sollte. Und dann fiel mir wieder ein, wie Carlos gesagt hatte, er würde niemandem vertrauen, weil das Archiv viel zu wertvoll war. Konnte es sein, dass Santo gar nicht wusste, was genau ich tat? Sicher, er konnte sich zusammenreimen, dass es etwas Wichtiges sein musste. Aber scheinbar hatte er keine Ahnung, um was genau es ging. Und was sollte ich jetzt tun? Sollte ich das Handy benutzen und diesen Bruno anrufen und ihm erzählen, was ich gerade beobachtet hatte? Was, wenn Carlos, wie man das ja aus Filmen kannte, jemanden schicken würde, der Santo erledigt? Hätte ich ihn dann auf dem Gewissen? Ich wurde fast verrückt bei diesen Überlegungen. Doch dann wurde mir klar, dass mich das einen Scheiß anging. Sollten die doch ihren Gangster-Kram alleine regeln. Ich würde nur das Notizbuch holen, der Rest ging mich einfach nichts an.
Die Limousine war losgefahren und da ich schon mal hier war, nutzte ich die Gelegenheit und fuhr meinen Fiat ein paar Straßen weiter und stellte ihn in einer kleinen Gasse ab, die so aussah, als sei sie nachts nur spärlich beleuchtet. Ich schaltete noch die Innenbe-

leuchtung aus, nahm meine Zigaretten und lief zurück zum Hotel.
Dort warf ich meine Kleider einfach auf den Boden, duschte und dann konnte ich endlich schlafen, ohne irgendetwas zu träumen, das mich beunruhigte.

Kapitel 6

1.

Ich stand im Kirchenschiff und starrte beeindruckt in den gewaltigen Raum. Es war eigentlich eine einfache Hallenkirche ohne Seitenschiffe, aber der Saal war unglaublich schön. Alleine das Tonnengewölbe hätte ich endlos bewundern wollen. Beim Betreten war mir eingefallen, dass die Kirche nie entweiht worden war, daher hatte ich mich bekreuzigt und weil ich quasi eingebrochen war, auch ein entsprechend schlechtes Gewissen. Ich wusste nicht genau, wie lange die Kirche schon leer stand, aber dem Zustand nach zu urteilen, musste es schon eine ganze Weile her sein, seit hier das letzte Mal eine Messe gelesen worden war. Der Boden und die paar Kirchenbänke, die noch herumstanden, waren mit Steinbrocken, Staub und Putzstücken übersät. An einer Ecke fehlte der Boden ganz, warum man ihn herausgerissen hatte, verstand ich nicht, so wertvoll war das Material nicht, wie ich feststellte, als ich eine Stelle mit etwas Spucke und meinen Fingern blank wischte. Die Wände waren vom Boden bis auf etwa zwei Meter Höhe mit Holz vertäfelt, von dem überall die Farbe abblätterte. Die Wände selbst waren vergilbt und rissig - die Farbe ein undefinierbarer Mischmasch aus Grau-Braun-Gelb-Tönen - denen die Feuchtigkeit arg zugesetzt hatte, die scheinbar von oben kam, weil das Dach nicht mehr dicht war. Überall klafften Risse und Löcher und teilweise waren ganze Putzstücke herausgebrochen, die jetzt den Boden bedeckten. Der Altar mit seinen beiden Säulen und den unzähligen Verzierungen, Schnörkeln und Nischen war auch in einem erbärmlichen Zustand. Irgendjemand hatte alles entfernt, was beweglich war, alle Heiligenfiguren waren verschwunden, das Kreuz fehlte und auch der Nebenaltar war geplündert worden. Einzig zwei lange Kerzenhalter, wie man sie für Prozessionen verwendet, lehnten noch neben dem Altar. Vielleicht hatten hier die Diebe zu viel Respekt gehabt, vor den Heiligen, für die man von dieser Kirche aus Prozessionen lief. Die Fenster waren mit kunstvoll bemalten Stoffen verhängt, die aber verschlissen und ausgeblichen waren. Auf einer Seite fiel durch das fast blinde Glas Licht herein, das von irgendeiner Reklametafel draußen stammen musste. Jedenfalls vermischte sich die Farbe des Lichts mit dem der Stoffe und warf bizarre Muster an die Wand. Die Türe links vom Altar, durch die ich hereingekommen war, ließ erahnen, welch gewaltig dicke Mauern man damals gebaut hatte, als die Kosten für Baumaterial noch egal waren. Vom Türstock war auch die Farbe nahezu abgeblättert und überall hingen Leitungen lose herum, die damals, als man auf elektrische Beleuchtung umgestellt hatte, noch auf Putz verlegt worden waren, sich jetzt aber aus ihren Halterungen gelöst hatten. Von der Decke schwebten, windschief, ein paar Glühbirnen, die in einfachen Metallschirmen steckten. Wahrscheinlich hatten die Arbeiter den Strom wieder eingeschaltet, aber ich durfte das hier oben natürlich auf keinen Fall testen, um nicht aufzufallen. Hinten, neben dem Altar, gab es eine weitere Türe, die kleiner war. Und vermutlich würde ich dort den Zugang zu den Kellern finden. Die Keller, in denen Carlos vor so vielen Jahren sein Archiv eingemauert hatte.

2.

Der Wecker, den ich mir gestellt hatte, um endlich die Kirche zu erkunden und das Archiv zu finden, hatte mich aus meinem traumlosen Schlaf gerissen. Ich zog mich, ohne Licht im Zimmer zu machen, an - eine schwarze Leggings und ein schwarzes Trikot - und schlich mich dann über den Notausgang und die Feuertreppe an der Rückseite des Hotels davon. Die Gasse, in der ich den Fiat am Nachmittag geparkt hatte, war leer und, wie ich vermutet hatte, kaum beleuchtet. Lediglich eine Laterne kämpfte mit einer zu schwachen Glühbirne und einem völlig blinden Glasschirm aussichtslos gegen die Dunkelheit an. Ich startete den Motor und fuhr die ersten Meter ohne Licht. Ich kam mir vor wie in einem Krimi und kurz dachte ich, dass ich genau davon wohl ein paar zu viel gesehen hatte. Wenn mich tatsächlich jemand verfolgte, dann nützte das Fahren ohne Licht ohnehin nichts. Und folgte mir niemand, was ich hoffte, dann war es einfach nur affig.

Der Verkehr war um die Zeit nicht besonders stark und ich brauchte nicht lange, bis ich die Kirche erreichte. Ich parkte auch hier ein paar Seitenstraßen entfernt und dann stand ich endlich direkt vor dem Gebäude. Ich hatte keinen Plan, wie ich hineinkommen sollte. Der Haupteingang war verschlossen und, wie erwartet, hing hier das Warnschild, dass das Betreten im Moment strengstens verboten sei.
Ich lief gegen den Uhrzeigersinn los und suchte nach anderen Eingängen. Es gab ein paar davon, aber die meisten waren zugenagelt und das mit so schweren Balken, dass es unmöglich war, eine dieser Türen

leise und unauffällig zu öffnen. Dann fand ich ein Kellerfenster an der gegenüberliegenden Seite des Haupteingangs, aber es war vergittert. Ich fluchte leise, erschrak, weil ich mich erinnerte, dass ich ja auf geweihtem Boden stand, und wurde leicht rot, aber das sah ja zum Glück niemand. Ich war jetzt fast einmal um das ganze Gebäude gelaufen, als mir eine Art Anbau den Weg versperrte. Die Kirche war nicht allzu groß, offenbar hatte man sie hier erweitert, für einen Vorbereitungsraum für Gottesdienste oder als kleine Wohnung für den Pfarrer. Und hier hatte ich Glück. Ein Fenster schien nicht ganz geschlossen zu sein, es hatte einen ziemlich breiten Spalt zwischen den beiden Flügeln. Ich ließ ganz kurz meine Taschenlampe aufblitzen, die ich mit der Hand abschirmte. Der Drehgriff zeigte mir zwar, dass das Fenster verschlossen war, aber vermutlich war der Rahmen so verzogen, dass die Verriegelung das Fenster nicht mehr ganz zuziehen konnte. Ich nahm mein Taschenmesser, und tatsächlich, es brauchte nur ein paar Millimeter, die ich den Haken wegdrücken musste, und das Fenster ließ sich öffnen. Es hatte so wenig gefehlt, dann wäre das Fenster von alleine aufgegangen, also konnte man das ja fast nicht als Einbruch bezeichnen; versuchte ich mir selbst einzureden. Dann blickte ich mich nochmals nach beiden Seiten um und schwang mich über das Fenstersims nach drinnen. Es war tatsächlich eine kleine Wohnung. Es gab zwei Zimmer, ein Bad und eine Kammer, die dem Priester wohl als Arbeitsraum gedient hatte, wie ich aus dem kleinen Sekretär schloss, der darin stand.
In dem größeren der beiden Zimmer gab es eine Türe, sie war unendlich hoch, bestand aus zwei Flügeln, die Glaseinsätze hatten. Und als ich die Türe

aufstieß und mir das markerschütternde Quietschen, das sie dabei machte, das Blut in den Adern gefrieren ließ, sah ich, dass ich es geschafft hatte - sie führte direkt in das Kirchenschiff.

3.

Ich stand links vom Altar an der Schwelle der kleineren Türe. Wie ich vermutet hatte, führte hier ein kurzer Gang direkt zur Kellertreppe. Es war absolut stockdunkel und durch die staubige Luft schnitt der Lichtstrahl meiner Taschenlampe mühsame Schneisen. Die Staubkörnchen gaben dem Licht ein nebulöses Aussehen, in dem tausende Feen zu tanzen schienen. Die Stufen führten steil hinab in die schwarze Finsternis und ich musste mehrmals tief Luft holen. Dann straffte ich meine Schultern und begann, hinunterzusteigen.

Carlos hatte recht gehabt, der Keller war ein Labyrinth! Alleine die Treppe hatte so viele Absätze und Kehren, dass man, tatsächlich an ihrem Fuß angekommen, kaum mehr wusste, in welche Richtung man gerade ging. Dazu zweigten gleich hier mehrere Gänge ab, die allesamt schmal und winkelig waren, und von denen aus man wiederum zig Kammern betreten konnte. Die Aufteilung des Kellers schien völlig sinnfrei zu sein, aber ich hatte so was schon oft gesehen und dachte gar nicht mehr darüber nach, warum man das irgendwann derart gebaut hatte. Ich verstand jetzt auch, weshalb er solch ein Theater darum gemacht hatte, wie schwierig es sein würde, den von ihm zugemauerten Teil zu finden. Ich kann mir normalerweise jedes Gebäude, jeden Plan dreidimensional vorstellen und finde mich überall zurecht. Aber hier hatte ich tatsächlich nicht den Hauch einer Ahnung, wo genau unter der Kirche ich mich gerade befand.

Es war kalt, muffig und roch nach Fäulnis und Schimmel hier unten. Dazu kamen ein paar undefinierbare Geräusche, alles in allem überkam mich mehr und mehr eine Beklemmung, die fast nicht mehr auszuhalten war. Ganz kurz wurde ich panisch. Ich war hier in diesem Kellerloch gefangen, bekam kaum Luft, es stank und raschelte und ich hatte ständig das Gefühl, es stehe jemand hinter mir und ich wartete jeden Moment darauf, dass eine kalte Hand nach mir griff. Ich musste hier raus, ich konnte nicht mehr! Ich drehte mich um und sah in drei Gänge, erinnerte mich aber nicht, welchen ich hergekommen war. Ich entscheid mich für den ganz rechts, aber der endete nach kurzer Zeit in einem Raum. Also zurück und den zweiten Gang probieren. Der Schweiß lief mir herunter und ich keuchte und kämpfte gegen die Angst an, hier nie wieder herauszukommen. Dann stolperte ich über irgendetwas und konnte mich gerade noch an einem Türstock abfangen. Zumindest dachte ich zuerst, es sei ein Türstock, weil ich das Holz fühlte. Aber als ich mich aufrichtete, fühlte ich noch etwas. An dem Türstock stand jemand!
Meine Taschenlampe war heruntergefallen und glimmte nur noch ganz schwach, ich war starr vor Angst und versuchte, nach ihr zu greifen, was schwierig war, weil mich die Person, die dort stand, an meinem Trikot festhielt. Endlich konnte ich die Lampe erreichen und schlug auf sie ein, damit sie wieder richtig funktionierte. All das geschah in Bruchteilen von Sekunden. Endlich! Das Licht

strahlte wieder mit voller Kraft und ich richtete die Lampe auf denjenigen an der Türe, der mich festhielt und kein Wort sagte - und leuchtete direkt in das Gesicht von Jesus.

4.

Ich saß am Fuße der Treppe, rauchte eine Zigarette und musste über mich selbst lachen. Dass mir so ein Anfängerfehler unterlaufen war! Es ist ganz normal, dass man in dunklen, alten Gemäuern ab und zu so ein beklemmendes Gefühl bekommt. Die abgestandene Luft, die fremden Geräusche, die Dunkelheit. Aber ich machte so was ja schließlich nicht zum ersten Mal. Normalerweise atmet man dann einfach ein paar Mal durch, macht sich bewusst, dass man nur in einem alten Gebäude ist, und dann geht es auch wieder. Sicher, das hier war keiner der üblichen Aufträge, wie sonst, wenn ich ein altes Haus restaurieren sollte, hier ging es noch um etwas ganz anderes. Aber dennoch. Ich war Profi genug, damit umzugehen. Als ich vorhin dachte, ich würde mich an einem Türstock festhalten und dann plötzlich spürte, dass da jemand stand … meine Güte, es war nur das Kreuz vom Altar gewesen, mit der Jesusfigur daran, das man hier unten scheinbar vor Diebstahl oder Beschädigung hatte schützen wollen - und ich hatte so hysterisch reagiert, dass es schon fast peinlich war.

Ich trat die Zigarette sorgfältig aus und raffte mich auf. Es wurde höchste Zeit, mit den Kindereien aufzuhören und ernsthaft zu arbeiten. Ich hatte leider die Stirnlampe, die ich extra besorgt hatte, im Kofferraum vergessen, so klemmte ich mir die Taschenlampe unter die Achsel, nahm meinen Skizzenblock zur Hand und begann, die Gänge im Uhrzeigersinn abzulaufen. Die Treppe hatte ich zuallererst erfasst und nun kam Gang um Gang, Kammer um Kammer dazu. Wegen der vielen Winkel und Nischen brauchte ich erheblich länger, als ich eingeplant hatte, aber nach und nach entstand so ein kompletter Lageplan des Kellergeschosses. Als nächsten Schritt würde ich die Maße nehmen, sie in den Plan übertragen und dann brauchte ich das Ganze nur noch mit dem Erdgeschoss abzugleichen. Ich leuchtete auf meine Uhr und erschrak. Es würde bald schon hell werden und ich musste unbedingt die Dunkelheit nutzen, um wieder unauffällig ins Hotel zu kommen. Ich würde die Maße in der kommenden Nacht nehmen, jetzt war es Zeit zu verschwinden.

Ich nahm den gleichen Weg aus der Kirche, den ich hereingekommen war, fuhr zurück in mein Hotel und zu meiner Erleichterung war das Stück Pappe noch da, das ich in die Türe des Notausgangs geklemmt hatte, denn der Fluchtweg konnte nur von innen geöffnet werden.

5.

Ich schlief nur zwei Stunden, dann wurde ich bereits wieder wach und mein Kopf hämmerte. Ich hatte am Abend zuvor nichts mehr gegessen und auch sonst alles vergessen. Mein Handy quoll förmlich über vor Nachrichten, fast alle von Emanuele, und kurz bekam ich ein schlechtes Gewissen. Dann dachte ich an den Kuss von ihm und musste lächeln. Ein warmes Gefühl durchströmte mich und ich schrieb ihm hastig, dass ich früh zu Bett gegangen sei und wir uns gerne am Nachmittag auf ein Glas Wein sehen könnten.

Normalerweise frühstückte ich fast nie, aber jetzt hatte ich solchen Hunger, dass ich den Zimmerservice anrief und mir ein großes Frühstück bestellte, "mit allem", wie ich extra betonte. Ich hatte gerade geduscht und mich in diesen unglaublich flauschigen Hotelbademantel gekuschelt, als auch schon ein Kellner klopfte. Ich ließ alles auf der Terrasse servieren und dann saß ich vor dem wohl umfangreichsten und üppigsten Frühstück, das ich je in meinem Leben gesehen hatte. Der Tisch brach fast zusammen unter all den Schüsseln, Schälchen, Tellern, Platten, Gläsern und was weiß ich noch allem. Ich kämpfte mich über eine Stunde durch diverse Obstsorten, Müsli-Variationen, gebutterten Toast, Hörnchen - ich musste einfach alle drei Sorten probieren, weil ich mich nicht zwischen Vanillecreme, Schokolade und Marmeladenfüllung entscheiden konnte. Danach machte ich mich über das Rührei her, probierte ein gekochtes Ei und wandte mich dann Wurst und Käse zu. Ich aß wie im Rausch und ganz ehrlich, wäre da nicht auch eine kleine Flasche Prosecco gewesen, mit der ich gelegentlich etwas "nachspülte", ich wäre nicht so weit gekommen. Die frisch gepressten Säfte schaffte ich nicht mehr, den Filterkaffee hatte ich eh nicht angerührt, sondern mich nur aus der Espressokanne bedient, und dann sank ich auf eine der Liegen, die auf der Terrasse vermutlich genau dafür bereitstanden - nämlich Opfern dieses unglaublichen Frühstücks sofort eine Liegemöglichkeit zu bieten, um sich nicht erst nach drinnen aufs Bett schleppen zu müssen.

Ich schlief nochmal zwei Stunden, dann hatte mein Körper sich dank des Essens soweit regeneriert, dass ich wieder klar denken konnte. Ich sah die Skizzen, die ich in der Nacht angefertigt hatte, durch. Kurz meldete sich meine Berufsehre, die mir einflüsterte, ich solle dieses Geschmiere gefälligst in einen ordentlichen Plan übertragen, aber ich schüttelte diese Gedanken ab. Ich hatte dazu einfach keine Zeit, und es war auch nicht nötig. Schließlich war das nicht die Grundlage für ein Angebot einer Baumaßnahme, sondern ich suchte lediglich eine Wand - die ich dann auch noch einreißen würde.

Emanuele meldete sich und so hatte ich also ein weiteres Date mit ihm - gegen siebzehn Uhr, auf einen Aperitivo in einer Bar im Zentrum. Damit wäre ich rechtzeitig zurück, um nochmal ein wenig zu schlafen, bevor ich wieder in die Kirche gehen würde, um dann alle Maße zu nehmen, die ich benötigte, um das Archiv zu finden. Und jetzt würde ich wieder auf das Grundstück in den Hügeln fahren, um das Ablenkungsmanöver aufrechtzuerhalten, auch wenn ich mir längst nicht sicher war, ob sich dafür überhaupt jemand interessierte.

6.

Nach meinem Fressgelage am frühen Morgen hielt ich heute zwar trotzdem in der kleinen Bar auf dem Weg, trank aber nur einen caffè und fuhr dann zügig weiter. Ich parkte, wie immer, auf dem Grundstück und sah mich um. Es war wieder alles unverändert, keine Spur deutete darauf hin, dass in der Zwischenzeit jemand hiergewesen war. Die Zigarettenkippe, die ich gefunden hatte, konnte von jedem sein, der hier entlanggekommen war. Ein Bauer, der sich kurz angesehen hatte, was da auf dem Grundstück abgesteckt war, ein Jäger, wer auch immer. Vermutlich war es völlig schwachsinnig, das hier zu veranstalten. Reine Zeitverschwendung. Ich hatte nie einen Verfolger bemerkt und auch auf dem Weg zur Kirche war ich mir sicher, dass mir niemand folgte. Ich sah Gespenster, verzettelte mich in Nebenschauplätzen und hätte vermutlich schon längst das echte Archiv gefunden, wenn ich mich alleine darauf konzentriert hätte, statt hier fiktive Baustellen einzurichten und mit Emanuele zu flirten. Ich musste komplett verrückt sein, dass ich mich darauf eingelassen hatte.

Ich betrachtete mein Werk, die sorgfältig gesetzten Holzpflöcke, die Abspannung mit den Schnüren. Ja, es sah alles absolut echt aus. Aber es war eben auch völlig sinnfrei. Ich würde das jetzt beenden, die Sachen abbauen und dann sehen, dass ich mich um die Kirche kümmerte. Ich hatte mir gerade eine Zigarette angezündet und beschloss, sie noch in Ruhe zu rauchen. Ich drehte mich dabei einmal um mich selbst. Die Lage des Grundstücks war wirklich ein Traum. Nach allen Seiten hatte man einen wundervollen Blick, ob hinauf in die Hügel oder über die sanften Hänge bis hinunter ans Meer. Dann sah ich auf den Steinhaufen und versuchte mir vorzustellen, wie das Haus einmal ausgesehen haben mochte. Die Größe war leicht einzuschätzen, weil an jeder Seite noch Reste der Grundmauern übrig waren. Aus der Menge an Material zu schließen, hatte es vermutlich sogar noch zwei weitere Stockwerke gegeben, es war also nie ein klassisches Bauernhaus gewesen, denn die hatten immer die gleiche Aufteilung. Unten waren die Ställe und im ersten Stockwerk hatte man gewohnt. Das hier musste ein Herrenhaus gewesen sein, was auch besser zu Carlos passte, der bestimmt damals, noch mehr als heute, jedem gerne zeigte, was er erreicht hatte. Die Farbe war nach der langen Zeit nicht mehr erkennbar, sicher, wenn man lange genug wühlte, würde man vermutlich noch ein paar Steinbrocken finden, an denen noch Reste der Farbpigmente hafteten. Ich wusste nicht genau, was damals passiert war, aber ich bekam mit einem Mal Gänsehaut, als ich versuchte, mir vorzustellen - mir klarzumachen - dass hier vor vielen Jahren Carlos und mein Vater aufeinandergetroffen waren - und mein Vater eigentlich hergekommen war, um Carlos zu töten. Und dann hatte er ihm, statt seinen Plan auszuführen, das Leben gerettet. Was auch viel besser zu meinem Vater passte, der es sicher ohnehin nie fertiggebracht hätte, einen anderen Menschen … ich suchte nach dem richtigen Wort und ließ den Gedanken dann einfach offen. Jedenfalls stand ich jetzt hier auf diesem Boden, der so viele Geschichten erlebt haben musste, dass man damit vermutlich ganze Bücher hätte füllen können. Ich schüttelte kurz den Kopf, um die Gedanken abzustellen, und dann trat ich meine Zigarette aus, sah mich ein letztes Mal um und begann, den ersten der Pflöcke aus dem Boden zu ziehen. Und genau in dem Moment, als ich das tat, brach ein Inferno los.

Kapitel 7

1.

Ich lehnte an meinem Leihwagen, rauchte eine Zigarette nach der anderen und versuchte, mir nicht anmerken zu lassen, wie ich innerlich zitterte. Kurz hatte ich gedacht, mein umfangreiches Frühstück käme mir wieder hoch, aber diese Blöße wollte ich mir vor all den Beamten nicht geben, und so hatte ich erfolgreich dagegen angekämpft.

Einer der beiden Polizisten, die mich nach meinem ersten Besuch bei Carlos abgefangen hatten, kam auf mich zu. Er trug fast wieder das Gleiche wie neulich, dunkle Jeans, graues T-Shirt und, trotz der Hitze, ein Sakko, aber so konnte er seine Dienstwaffe besser verbergen.

Er baute sich vor mir auf, nahm seine Sonnenbrille nicht ab und sah mich scharf an:
»Okay, gehen wir es also nochmal durch.«
Ich nickte. Mein schnippischer Ton war mir längst vergangen, ich hoffte, nein ich betete, dass man mich nicht verhaften würde.
Und dann wollte er die ganze Geschichte nochmals von mir hören und ich tat ihm den Gefallen. Und weil ich mal in irgendeinem Film gesehen hatte, dass sich Leute, die beim Verhör immer wieder Wort für Wort das Gleiche sagen, verdächtig machen, weil es zu einstudiert klingt, bemühte ich mich, meine Geschichte jetzt ein klein wenig anders zu erzählen, ein paar andere Wörter zu verwenden, mir in der einen oder anderen Zeitangabe selbst zu widersprechen, um so glaubwürdiger zu klingen - bei dem,

was ich da zusammenlog. Aber sie durften mich nicht verhaften! Mal ganz abgesehen davon, wie ich das zu Hause hätte erklären sollen, ich musste einfach noch heute zurück in die Kirche. Sicher würde sie in ein paar Tagen wieder freigegeben werden. Sobald der von der Gewerkschaft geforderte Gutachter dort auftauchte, brauchte er keine fünf Minuten, um zu erkennen, dass keinerlei Gefahr bestand, dass ein früherer Erdbebenschaden hier irgendetwas würde einstürzen lassen.

Als ich vorhin den ersten Holzpflock aus dem Boden ziehen wollte, waren plötzlich Sirenen aufgeheult. Zwei Mannschaftsbusse der Carabinieri waren mit Blaulicht auf das Grundstück gerast und aus beiden waren je eine Handvoll Beamte mit Maschinenpistolen im Anschlag gesprungen, die innerhalb von Sekunden das gesamte Areal umstellten. Dann waren einige weitere Streifenwagen herangeschossen, ebenfalls mit Blaulicht und Sirene, und hatten alle Zufahrten zum Grundstück samt Straße blockiert, und schließlich waren die beiden Zivilfahnder noch angekommen, jeder im eigenen Wagen. Mich hatte fast der Schlag getroffen, so sehr erschrak ich, und dann kam der eine der beiden auf mich zu, hatte mir ein Schriftstück unter die Nase gehalten und gesagt:
»Lassen Sie das! Treten Sie zurück. Das gesamte Grundstück ist per richterlicher Verfügung beschlagnahmt!«
Ich hatte ihn nur blöde angesehen, nichts kapiert und am ganzen Körper gezittert. Dann hatte ich mich langsam aufgerichtet und einen Schritt zurück gemacht. Ich hatte mich also doch nicht getäuscht. Sie hatten mich die ganze Zeit über beobachtet. Nur, hatte ich mir ausgemalt, dass sie vielleicht, wenn sie

mich im Hotel wähnten, hier nachsehen würden, was ich da genau tat. Dass sie gleich mit einer Hundertschaft anrücken würden, schwer bewaffnet, und das Gelände stürmten, daran hätte ich im Leben nie gedacht. Ich war voll am Arsch! Sicher war es so gar nicht in Ordnung, vorzugeben, man würde auf dem Grundstück eines Mafiabosses etwas Bestimmtes suchen. Vielleicht gab es kein Gesetz dagegen - aber wir haben so unglaublich viele Gesetze, die keiner kennt oder versteht. Und wenn die wollten, dann würden sie immer irgendetwas finden, um mich erst einmal hinter Schloss und Riegel zu bringen. Und das war der Moment, in dem ich beschloss, absolut zu kooperieren, also zumindest, so zu tun als ob, denn natürlich konnte und würde ich niemals zugeben, dass das nur ein Ablenkungsmanöver gewesen war.

»Nun?« Er sah mich auffordernd an und ich schluckte, ich hatte die Frage nicht gehört, weil meine Gedanken in alle Richtungen rasten und ich nicht mehr sicher war, was noch richtig war und was nicht.
»Entschuldigung?«, lächelte ich ihn an.
Er wollte die Frage gerade wiederholen, als sein Kollege zu uns stieß. Auch er im gleichen Look wie neulich, mit Hemd und Krawatte, aber ganz lässig das Hemd aus der Hose, was ich beim letzten Mal nicht hatte sehen können, weil er ja im Auto geblieben war. Ich merkte, wie idiotisch das war. Ich verschwendete meine Konzentration auf die Klamotten der beiden, dabei war das im Moment ja nun wirklich völlig egal.
Sie flüsterten kurz miteinander, dann nickte der mit dem Hemd dem anderen zu und verschwand wieder. Ich hatte keine Ahnung, ob das nur Show war, denn

ich wusste ja eigentlich, dass sie hier nichts finden konnten, da das alles schließlich nur von mir inszeniert war.

»Also, nochmal, womit genau hat sie Carlos Inzigniano beauftragt?«
»Zu prüfen, wie man das Grundstück wieder bebauen kann.«
»Weil er hierherziehen will?«
»Nein ..., vielleicht ..., keine Ahnung. Ich glaube nicht, dass er nochmal umzieht, in seinem Zustand.«
»Und warum stecken Sie dann hier Grundrisse ab, ohne Baugenehmigung?«
»Ich brauche keine Baugenehmigung dafür, ich kann abstecken, was ich will. Es ging nur darum, zu sehen, wo man ein neues Haus platzieren kann.«
»Neue Häuser werden nicht genehmigt, was also haben Sie wirklich gesucht?«
»Neue werden nicht genehmigt, aber ich kann das alte wieder aufbauen!«
»Aber nicht an einer anderen Stelle!«
»Doch, ich kann das alte Volumen komplett wieder herstellen, sogar noch ein wenig dazu. Baue ich weniger wieder auf, bekomme ich problemlos die Genehmigung, den Baukörper zu versetzen.«
Das war ein bisschen übertrieben, aber ich hoffte, dass er nicht das komplette italienische Baurecht beherrschte - was im Übrigen selbst für Fachleute quasi unmöglich war.
Er zögerte kurz, dann sprach er weiter:
»Wir haben Sie überprüft. Sie sind gar keine Architektin. Sie sind Geometra!«
Ich zuckte mit den Schultern:
»Ja, das ist richtig, aber ich restauriere eben alte Ruinen. Und ich darf Umbauten planen, einreichen

und die Arbeiten überwachen. Und genau das mache ich hier.«
»Ist Ihnen irgendetwas bekannt zu diesem Grundstück, etwas, das Sie uns sagen sollten?«, er sah mich durchdringend an, dann schob er hinterher: »Gibt es hier vielleicht alte Keller, von denen wir wissen sollten?« Er beobachtete mich ganz aufmerksam, nahm dazu sogar zum ersten Mal seine Sonnenbrille ab und achtete auf jede meiner Regungen.
»Ich weiß nichts von Kellern hier auf dem Grundstück. Es würde mich wundern, gäbe es welche, wir stehen hier auf massivem Fels.«
Er sah plötzlich müde aus und fast tat er mir leid. Nein, nicht nur fast. Ich hasste mich für das, was ich hier tat. Dieser Commissario setzte jeden Tag sein Leben aufs Spiel, um üblen Abschaum wie Carlos oder Santo oder wie sie alle hießen, aus dem Verkehr zu ziehen. Diese skrupellosen Verbrecher, die vor nichts Halt machten und meist am längeren Hebel saßen, und wenn sie dann tatsächlich mal einen von ihnen erwischten, überführten, dann kamen Leute wie dieser unsägliche Anwalt Orazio Abbate ins Spiel, die geschickt jede Lücke in unserem löchrigen und langsamen Rechtssystem ausnutzten. Ein System, das zuließ, dass ein kleiner harmloser Landstreicher, der einen Apfel klaute, sofort verhaftet wurde. Aber Leute vom Kaliber eines Carlos konnten Prozesse um Jahre verzögern, so lange, bis alles verjährt war, und sie nie ein Gefängnis von innen sehen mussten. Aber wer wollte es ihnen vorwerfen, wenn selbst Regierungschefs nichts Besseres zu tun hatten, als sich Gesetzte zu basteln, die noch mehr Lücken schafften, um sich und ihre Familien damit vor einer gerechten Strafe zu schützen. Mir war hundeelend und am liebsten hätte ich den Beamten

kurz gedrückt und ihm versprochen, dass alles gut würde. Mehr denn je wurde mir klar, dass ich dieses gottverdammte Archiv an die Behörden ausliefern würde, damit sie endlich einmal im Vorteil waren, auch einmal Erfolg hatten bei ihrem aussichtslosen Kampf gegen das organisierte Verbrechen, das vor so vielen Jahren hier seine Wiege gehabt hatte.

Vermutlich hatte ihm sein Kollege vorhin nur bestätigt, dass es wohl keine Keller geben würde, da hier wirklich alles aus massivem Fels war, in den, einen Keller zu treiben, ein Aufwand war, den man früher wie heute eher ganz selten betrieb.

2.

Zurück im Hotel sagte ich an der Rezeption Bescheid, dass ich den Leihwagen nun nicht mehr benötigen würde, und schlich auf mein Zimmer. Ich stand immer noch unter Schock und meine Knie waren ganz weich, als seien sie aus Gummi, und folgten meinen Befehlen, sich zu bewegen, nur ganz verzögert. Ich duschte kurz und dann lag ich auf dem Bett, starrte an die Decke und der Blick des Commissarios von vorhin ging mir nicht aus dem Kopf. Seine Augen, als er die Sonnenbrille abgenommen hatte und merkte, dass sie nichts gegen mich in der Hand hatten, obwohl ihnen klar war, dass natürlich irgendetwas lief und ich ganz offensichtlich eine der Hauptfiguren war. Dieser Blick war so niederschmetternd gewesen. Jegliche Illusionen, die er sicher gehabt hatte, als er sich entschied, Polizist zu werden, waren aus seinen Augen verschwunden. Eine tiefe Resignation war an ihre Stelle getreten. Sein Blick hatte so etwas

Wissendes gehabt, das Wissen, dass es letztlich aussichtslos war, immer schon gewesen ist. Dass sie immer nur Zweiter waren. Dass jeder, den sie festnahmen, aus dem Verkehr zogen, sofort ersetzt wurde. Sollte Carlos in Kürze von dieser Bühne abtreten, dann würde es sofort einen neuen Carlos geben. Einen, der seinen Platz einnehmen würde, der dann die Nummer eins war. Und dazu kamen diese Leute wie Santo. Die noch jung waren, hungrig, die auch so werden wollten wie die alten Bosse. Es war ein ewiges Spiel mit immer gleichen Regeln. Nur, diesmal würden die Regeln geändert werden! Diesmal gab es einen Joker - nämlich das Archiv. Wer es bekam, der gewann unweigerlich. Fiel es in die Hände eines Konkurrenten von Carlos, hatte der die Macht. Bekam es einer wie Santo, dann würde er innerhalb kürzester Zeit aufsteigen. Bekamen es die Ermittler, nun, dann würden sie damit größte Teile der Netzwerke zerschlagen. Sie konnten so viel Schaden in den Familien damit anrichten, dass die sich nie wieder davon erholen würden. Ich musste höllisch aufpassen, dass ich keinen Unfug machte und die Unterlagen an den Falschen gerieten. Vielleicht sollte ich doch versuchen, die Behörden einzuweihen, die mir Schutz bieten würden, bis ich das Archiv fand. Aber sie würden mir nie erlauben, das Notizbuch zu entwenden. Und wenn ich das nicht bekäme, ich mochte gar nicht daran denken. Mein Vater war so stolz auf seinen Ruf, seinen guten Namen. Er hatte ein Leben lang ordentlich und hart dafür gearbeitet. Es würde ihn umbringen, wäre er dieser Schande ausgesetzt. Nur weil er damals aus Liebe und Verzweiflung einmal nachgegeben hatte, um meine Mutter heiraten zu können, sie behalten zu können, sein Kind zu schützen, das sie in sich trug.

Die Tränen liefen mir plötzlich übers Gesicht und ich ließ es einfach zu und weinte mir hemmungslos die ganze Anspannung von der Seele, die ich kaum mehr ertrug.

3.

Irgendwann musste ich eingeschlafen sein und als ich wieder wach wurde, war es schon nach sechzehn Uhr, und so sprang ich aus dem Bett, um mich für mein Date mit Emanuele fertig zu machen. Es fiel mir schwer, mich nach allem, was heute passiert war, darauf zu konzentrieren, ich stand immer noch irgendwie unter Schock und als ich das Hotel endlich verließ, war es schon weit nach fünf Uhr.

Die Bar, in der wir uns verabredet hatten, war in Laufnähe, aber der Spaziergang dorthin tat mir nicht gut, es war wieder so schwül und die Luft roch nach allem Möglichen, was man lieber nicht riechen will, und als ich gegen halb sechs ankam, war ich völlig durchgeschwitzt.
Emanuele war noch nicht da! Oder er war schon wieder gegangen, weil ich mich so sehr verspätet hatte. Wobei, Moment, wir waren im Süden, hier war eine halbe Stunde zu spät zu erscheinen völlig normal - und was für mich gilt, galt selbstverständlich für ihn genauso. Weil die Luft so drückend war, setzte ich mich nach drinnen an einen freien Tisch und dann wartete ich einfach, ohne ihn extra anzurufen.

Der Kellner brachte mir einen Weißwein, der so kalt war, dass ich kurz dachte, meine Finger frieren am Glas fest. Ich sah mich immer wieder unauffällig um,

aber natürlich immer bemüht, dass es betont lässig wirkte, nicht, dass noch jemand auf die Idee kam, ich sei hier von einem Mann versetzt worden.
Als Emanuele schließlich gegen achtzehn Uhr völlig außer Atem ins Lokal stürmte, stammelte er neben unzähligen Entschuldigungen auch immer wieder, er habe ja versucht, mich zu erreichen. Ich zuckte mit den Schultern, ich hatte mein Handy in der Tasche gelassen, und, richtig, als ich es hervorholte, zeigte es unzählige Nachrichten von ihm an.

Wir setzten uns nach draußen, an einen Tisch ganz am Rand, und dann saßen wir einfach da, hielten uns an den Händen und sprachen eine ganze Weile nichts. Eine Bedienung brachte uns zu unseren Drinks eine ganze Platte Leckereien, schließlich war Aperitivo-Zeit, und nachdem wir beide feststellten, dass wir kein Mittagessen gehabt hatten, langten wir kräftig zu, um unseren Hunger mit Salami, Käse, Oliven, Pasteten und vielem mehr zu stillen.
»Wie war dein Tag?«, fragte er mich dann.
»Ich, äh … ja, also ich hatte gestern starke Kopfschmerzen, darum bin ich früh ins Bett und hab mich nicht mehr gemeldet. Und heute war ich dann wie gerädert …« Ich spürte, wie mir die Röte in die Wangen stieg, bei all den Lügen, und hoffte, er würde es nicht bemerken. Dann, um ihn abzulenken:
»Und, wie war dein Tag?«
Er antwortete nicht gleich, schien irgendwie abwesend und dann stolperte er komischerweise genauso herum wie ich eben:
»Ja, nun, … er war durchwachsen, irgendwie seltsam.«
Ich wusste nichts darauf zu sagen und so saßen wir eine ganze Weile schweigend da.

Schließlich setzten wir gleichzeitig an zu sprechen, verstummten, und mussten beide lachen und plötzlich war die Stimmung wieder gut und er sah mir tief in die Augen und ich bekam ganz weiche Knie von seinem Blick.
»Ich muss heute Abend einem Freund etwas helfen, aber vielleicht wollen wir morgen frühstücken?«, fragte er mich und sah mich weiter so wundervoll intensiv an.
Ich dachte kurz an mein letztes Frühstück und daher schüttelte ich den Kopf:
»Nein, Frühstück ist nicht so meins, aber wie wäre es mit Mittagessen? Und wir könnten uns ja schon vorher auf einen kleinen Aperitivo treffen?«
Er nickte begeistert - und dann saßen wir einfach da, sahen uns in die Augen und es war in Ordnung, nicht zu sprechen.

4.

Emanuele hatte mich noch zum Hotel begleitet und endlich hatte ich nochmal einen seiner Küsse bekommen, die mich so unglaublich umhauten, und dann war ich in meinem Zimmer und plötzlich verflog die Leichtigkeit, die ich gerade noch gespürt hatte, und die ganze Last meiner Aufgabe brach über mich herein. Und wieder wünschte ich mir, ich wäre wirklich nur im Urlaub hier und hätte Emanuele einfach so kennengelernt und könnte mich ganz auf ihn einlassen. Aber andererseits, ohne Carlos und dieses verdammte Notizbuch wäre ich überhaupt nicht hier, und dann hätten Emanuele und ich uns nie getroffen.
Ich döste etwas ein über all diesen Gedanken und als ich aufwachte, war es Zeit, zur Kirche zur fahren.

Kapitel 8

1.

Ich stand vor dem Altar der Kirche und sie hatte ihre Pistole mit ausgestrecktem Arm auf meinen Bauch gerichtet. Ich konnte ihr Gesicht nicht ganz sehen, denn es lag im Halbschatten, aber sie hatte dunkelblondes Haar, das bis zu ihren Schultern reichte, und einen schön geschwungenen Mund. Ihr Arm mit der Waffe war durchgestreckt und ganz ruhig. Um ihren Hals baumelte an einer Kette ihre Polizeimarke.
Ich hatte einen der langen Kerzenhalter in der Hand, die neben den Altar gelehnt waren, und hielt ihn wie ein Gladiator beim Speerkampf. Im Gegensatz zu ihr waren meine Arme gar nicht ruhig, denn ich zitterte am ganzen Körper.
»Leg das weg, du Schlampe!« Ihr Ton war gelassen, aber schneidend und ihre ganze Gestik strahlte eine gefährliche Ruhe aus.

Eigentlich hatte meine Aktion ganz entspannt begonnen. Wie am Vortag, war ich zu meinem in der Gasse geparkten Wagen gelaufen, zur Kirche gefahren, wieder durch das Fenster eingestiegen und zielstrebig in die Keller gegangen. Diesmal hatte ich an die Stirnlampe gedacht und so konnte ich viel zügiger arbeiten. Die Maße zu nehmen, war auch erheblich weniger Aufwand, als gestern die Skizze des Grundrisses anzulegen. Ich ging ganz konzentriert vor und trug alle Zahlen sorgfältig in meinen Plan ein.

Dank meiner Skizze sah ich nun bereits recht gut, welche Wände für mich relevant waren, und wo es sich nur um Zwischenwände der einzelnen kleinen Zellen handelte. Als ich alles ausgemessen hatte, verstaute ich meine Unterlagen in meiner Tasche und gönnte mir eine Pause. Das beklemmende Gefühl war nicht wieder gekommen, ich betrachtete das einfach als einen ganz normalen Auftrag, den ich in der Form schon hunderte Male durchgeführt hatte. Sobald ich fertig geraucht hatte, würde ich nach oben gehen und die Kirche grob vermessen, dann müsste ich eigentlich schnell erkennen, wo Carlos damals seine eigene Wand hochgemauert hatte. Ich war ganz in Gedanken versunken, als ich oben aus dem Kirchenschiff ein Quietschen vernahm. Und ich kannte diesen Ton genau. Zu gut war mir noch in Erinnerung, wie ich gestern erschrocken war, als ich die große Flügeltüre von der Pfarrwohnung zur Kirche hin geöffnet hatte. Das Adrenalin schoss mir derart in den Körper, dass mir kurz die Luft wegblieb. Dann drückte ich hastig die Zigarette aus und löschte meine Lampe. Ich versuchte, fast nicht zu atmen und lauschte angestrengt, ob ich noch weitere Geräusche wahrnehmen konnte. Aber es war nichts zu hören. Gut, die dicken Mauern und die verwinkelte Treppe schluckten natürlich fast jeden Laut. Andererseits, wer sollte schon da sein? Die Kirche stand so lange leer, es würde doch nicht ausgerechnet jetzt, wo auch noch etwas von Einsturzgefahr draußen stand, irgendjemand hier einbrechen? Und ich hatte das Fenster von innen zugezogen und einen anderen Weg hier hinein gab es eigentlich nicht. Vielleicht war es ja auch nur ein Windhauch gewesen, der die Türe etwas bewegt hatte. Ich vermied, den Gedanken weiterzudenken, dass für einen Windhauch ja wiederum auch irgendwo ein bis zwei weitere Fenster hätten offen sein müssen.

Ich weiß nicht, wie lange ich in die Dunkelheit lauschte - gefühlt war es fast eine halbe Stunde - aber das kam mir natürlich nur so vor, tatsächlich waren es vielleicht ein paar Minuten. Es half nichts. Ich konnte nicht hier unten sitzen bleiben, ich sollte nach oben gehen und dann zusehen, dass ich hier schnell verschwand. Die Maße der Kirche würde ich ein anderes Mal nehmen oder ich besorgte mir einen Katasterplan, egal wie, aber jetzt musste ich hier dringend weg. Ich wagte nicht, daran zu denken, es könnte irgendeiner dieser Mafiosi oben auf mich warten, der mir vielleicht doch gefolgt war und jetzt die Geduld darüber verlor, was ich hier drinnen eigentlich trieb.

Ich schlich mich Stufe um Stufe nach oben, in absoluter Dunkelheit, denn erst wenn man den letzten Absatz erreichte, sah man schwach die Umrisse der Türe, die in die Kirche führte. Alle zwei, drei Stufen hielt ich inne, lauschte, ohne zu atmen, und schlich dann weiter.

Endlich war ich oben, schweißgebadet und fast am Ersticken, weil ich die ganze Zeit versuchte, möglichst keine eigenen Geräusche zu machen, um besser hören zu können. Ich huschte vom letzten Treppenabsatz zur Türe und hielt mich dort erst einmal im Schatten, um die Lage zu sondieren. Es war weder etwas zu sehen noch zu hören. Vermutlich war es wirklich nur der Wind gewesen, versuchte ich, mich selbst zu beruhigen.
Ich streckte vorsichtig den Kopf vor, um etwas zu erkennen, aber das Licht, das von draußen hereinfiel, war nicht wirklich hell. Überall warf irgendetwas Schatten und mit ein wenig Angst im Nacken, konnte

quasi jeder Schatten etwas Unheilvolles sein. Schlicht, man erkannte gar nichts! Zudem konnte ich aus meiner Position nicht durch die Flügeltüre in die Wohnung sehen. Ich versuchte, mich zu erinnern, in welcher Stellung ich die Türflügel zurückgelassen hatte, aber ich wusste es nicht mehr. Ich überlegte, was ich tun sollte, und dann entschied ich mich, zuerst neben den Altar zu huschen und mich dort hinter einer der alten Kirchenbänke zu verstecken. Von dort aus konnte ich gut in die Wohnung sehen und dann auf direktem Weg zu meinem Fenster und somit ins Freie sprinten. Noch ein letztes Mal lauschte ich angestrengt, dann machte ich zwei große Schritte und war neben dem Altar. Leider übersah ich bei meiner Aktion die beiden Kerzenhalter, von denen jeder bestimmt eineinhalb Meter lang war, dünne Stangen aus Metall, auf denen am oberen Ende je eine Halterung aus Messing befestigt war. Ich stieß dagegen und beide fielen fast in Zeitlupe um. Ich versuchte noch, sie aufzufangen, aber ich erwischte nur einen davon. Der andere schlug mit großem Getöse auf den Boden auf. In der absoluten Stille war das Geräusch fast ohrenbetäubend. Ich stand da, wie vom Blitz getroffen. Und dann richtete sich die Frau mit der Pistole auf, sie hatte auf der anderen Seite des Altars Deckung gehabt, und ich sah die Waffe in Ihrer Hand, während ich immer noch den Kerzenhalter hielt, ganz so, als wollte ich mich damit verteidigen.

2.

Ich schaffte es nicht, mich zu bewegen. Ich starrte einfach nur auf die Waffe. Und abwechselnd ging mir durch den Kopf, dass es, Gott sei Dank, nicht Santo oder einer der anderen war, die hinter dem Archiv her waren, sondern die Polizei. Und dann dachte ich wieder, okay, das war's, jetzt sperren sie dich ein, zweimal an einem Tag lassen sie dich nicht davonkommen, zumal ich ja hier völlig unbefugt eingebrochen war. Und das auch noch in eine Kirche. All das ging mir durch den Kopf und dabei hielt ich weiter stoisch den verdammten Leuchter in der Hand, ja, klammerte mich förmlich daran fest, so dass meine Fingerknöchel schon ganz weiß hervortraten.

»Leg das verdammte Ding weg! Sofort!«, sie sagte es wieder ganz ruhig, aber um ihren Worten Nachdruck zu verleihen, spannte sie den Hahn ihrer Waffe und das Klicken, als er einrastete, ließ mir eiskalte Schauer über den Rücken laufen, und ich spürte, wie mir gleichzeitig der Schweiß ausbrach. Ich musste endlich dieses Teil fallen lassen, nicht dass sie noch auf mich schoss. Aber ich konnte mich nicht bewegen. Ich starrte sie einfach an, unfähig etwas zu sagen oder zu tun.

»Lucia! Nicht! Nimm die Waffe runter!« Emanuele. Er war aus der Flügeltüre gekommen und seine Worte klangen scharf und bestimmt.

Emanuele. Er war hier. Vor Erleichterung stiegen Tränen in mir hoch. Ich war so unter Schock, dass ich zuerst gar nicht kapierte, dass es keinen Sinn ergab, warum er eigentlich hier war. Er ging langsam auf mich zu, griff nach dem Kerzenleuchter und drehte ihn mir aus der Hand. Ich konnte noch immer nicht klar denken und fiel ihm einfach in die Arme und begann zu weinen.

Er hielt mich fest und dann strich er mir eine Haarsträhne aus dem Gesicht und die Geste war so seltsam vertraut, dass mein Verstand wieder einsetzte, und im nächsten Moment sah ich, dass auch er eine Polizeimarke um den Hals trug. Und dann machte es in meinem Kopf "Klick" und ich begann zu begreifen, dass er Polizist war und mich die ganze Zeit nur ausspioniert hatte. Ich stieß ihn von mir und sah abwechselnd auf die Frau, die ihre Waffe inzwischen weggesteckt hatte, und ihn. Es war also alles nur gespielt gewesen! Eine Mischung aus Scham und Wut stieg in mir hoch. Kurz überlegte ich, den dämlichen Kerzenhalter wieder aufzuheben und ihn damit zu verprügeln, aber vermutlich hätte mich seine Kollegin dann wirklich erschossen, also ließ ich das lieber bleiben. Ich sah ihn nur voller Wut an und er schien den Hass zu erkennen, den ich gerade empfand, denn er machte einen kleinen Schritt auf mich zu und begann:
»Chiara, bitte, du musst …«
»Sei bloß still!«, ich schleuderte ihm die Worte so kalt ich nur konnte ins Gesicht.

»Komm, wir klären das alles auf dem Revier«, mischte sich Lucia jetzt ins Gespräch ein.

Irgendwie hatte ich den Eindruck, ihr Gesichtsausdruck war noch eine Spur kälter geworden, seit mich Emanuele kurz in den Arm genommen hatte. »Vielleicht sind die beiden ja ein Paar«, ging es mir durch den Kopf. Denn das mit mir war ja offensichtlich nur Teil seines Auftrags gewesen. Die Wut stieg wieder in mir hoch. Die Wut auf ihn, auf Carlos, auf das Scheißarchiv, auf meine Eltern, auf wirklich alles und jeden. Sollten sie mich doch verhaften, es war mir langsam völlig egal.

»Nein, ich kläre das.« Emanuele hatte es in Lucias Richtung gesagt und sie kniff die Lippen zusammen und schüttelte leicht den Kopf.
Dann wandte er sich zu mir:
»Chiara, komm. Ich fahre dich in dein Hotel. Wir können im Auto reden.«
Damit nahm er meinen Arm und zog mich mit sich in Richtung Haupteingang. Eigentlich wollte ich mich wehren, aber als wir ein paar Schritte gegangen waren, flüsterte er mir zu:
»Komm einfach mit. Sie steckt dich sonst bis morgen in eine Zelle. Und das willst du nicht, glaub mir, das willst du nicht.«

3.

Sein Wagen parkte gleich gegenüber der Kirche und er hatte einen Schlüssel zum Haupteingang, klar, die beiden waren Polizisten, sie mussten nicht wie ich einbrechen. Emanuele fuhr und nahm einen Weg, der ein Stück am Meer entlangführte, ganz so, als wolle er die Fahrt in die Länge ziehen. Denn eines wusste er inzwischen von mir ganz bestimmt: mein Temperament war viel zu hitzig, als dass ich jemals noch ein Wort mit ihm reden würde, wären wir erst am Hotel angekommen.

Wir fuhren jetzt direkt am Strand entlang. Links von uns waren Ferienanlagen, aber sie sahen alt und verkommen aus und nirgends gab es Anzeichen, dass hier irgendjemand wohnte. Keine Autos, keine Wäsche auf den Balkonen, überall nur heruntergelassene Jalousien, die meisten schäbig, windschief und mit abgeblätterter Farbe. Das gleiche Bild wie überall. Hastig hingezimmerte Häuschen, Wohnhäuser und Geschäfte, von denen sich Investoren hohe Gewinne versprochen hatten. Überall an den Küsten hatte man diese Immobilien am Bedarf vorbei gebaut und alles was blieb, war ein verschandeltes Landschaftsbild, das eher noch mehr Touristen abhielt, und es gab ohnehin schon zu wenige, die sich noch für einen Urlaub an so einem verbauten Strand interessierten.

»Chiara, hör mir zu, okay?« Emanuele startete den nächsten Versuch, mir etwas zu erklären, wo es nichts mehr zu erklären gab.

Ich starrte demonstrativ aus dem Fenster und reagierte nicht. Sollte er doch sagen, was er wollte. Ich konnte mich nicht erinnern, mich je so hintergangen gefühlt zu haben. Alles war gelogen. Der erste Abend, das "Versehen" mit der Tischreservierung, der anschließende Spaziergang auf der Piazza, unsere Gespräche bei unseren Essen, der Kuss …

Tränen stiegen wieder in mir hoch und plötzlich wollte ich nur noch weg. Weg von ihm, raus aus diesem Auto, weg von dieser ganzen Geschichte.

»Halt an!« Ich hatte die Worte fast geschrien. »Halt sofort an!«

Er dachte vermutlich, mir sei schlecht geworden, denn er fuhr hastig an die Seite und bremste den Wagen ab.

Ich wartete gar nicht, bis er endgültig stand, sondern schnallte mich ab, und als er die letzten Meter ausrollte, öffnete ich die Türe und dann lief ich einfach los, in Richtung Meer.

Dann stand ich am Ufer und die Tränen liefen mir übers Gesicht. Es war einfach nicht fair, was hier passierte. Dass ich dieses Archiv suchen musste, dass es dieses Notizbuch gab. Und, dass ich auch noch so hintergangen wurde, von Emanuele. Überhaupt, was hatte ich mir eigentlich eingebildet, mich so für ihn zu begeistern? Aber das war jetzt ohnehin alles egal. Ich würde hier keinen Schritt mehr machen können, ohne dass es irgendjemand mitbekam. Es war vorbei! Ich hatte verloren!

4.

»Chiara?« Emanuele war mir also nachgegangen. »Bitte, lass uns reden«, fügte er noch hinzu.
»Was willst du?« Ich drehte mich nicht um. »Noch mehr Lügen?«
»Nein. Hör zu. Als ich den Auftrag bekam, da wusste ich doch nicht, dass …«
»Was wusstest du nicht? Dass auch noch ein bisschen Spaß für dich drin wäre? Wie weit wärst du gegangen, um mich auszuspionieren?« Ich hatte es voller Verachtung gesagt und mich dabei zu ihm umgedreht.
»Wie weit ich gegangen wäre? Für dich bis ans Ende der Welt!«
Ich wollte gerade noch etwas Gemeines zu ihm sagen, als seine Worte zu mir durchdrangen, und ich sah ihn verständnislos an:
»Was?«
»Für dich würde ich bis ans Ende der Welt gehen. Ich wusste doch nicht, was mich erwartet, als ich den

Auftrag bekam. Dass ich dabei jemanden wie dich treffen würde, jemanden, den ich …«
Er ließ den Satz offen und einen Moment, einen ganz kleinen Moment, siegte mein Herz, das bei seinen Worten einen kleinen Satz gemacht hatte und dahinschmelzen wollte. Aber dann rief ich mich zur Ordnung. Das hier war kein Groschenroman! So leicht würde er mich nicht nochmal einwickeln können. Ich funkelte ihn böse an:
»Hör auf! Was du gemacht hast, ist so unsäglich gemein. So verlogen! Wie kann man so etwas nur spielen, so glaubhaft spielen, dass ich dir das alles abgenommen habe? Dachte, es geht um mich. Wie konntest du das nur tun!« Ich hatte mich in Rage geredet und die letzten Worte schrie ich ihm ins Gesicht.
»Wie ich das hatte spielen können, willst du wissen? Ja? Gute Frage! Die gebe ich mal an dich weiter. Wie konntest du denn so überzeugend spielen, so perfekt? Als hättest du nie etwas anderes gemacht, als ein ganzes Team von Polizisten an der Nase herumzuführen!« Auch seine Stimme war längst nicht mehr ruhig, auch er wurde langsam wütend.
»Das ist etwas ganz anderes!«, wischte ich seine Argumente vom Tisch. Ich musste das tun, ich hatte gar keine andere Wahl.«
»Man hat immer eine Wahl!« Jetzt schleuderte er mir die Worte ins Gesicht, kalt und knapp.
»Ja, Blabla, man hat immer eine Wahl. Klingt toll! Aber manchmal hat man eben keine Wahl. Manchmal muss man eben einfach Dinge tun, auch wenn sie einem nicht gefallen!«
»Ach ja, ist das so?«, er ließ es ätzend klingen, um mir zurückzuzahlen, wie ich mit ihm umgegangen war.

»Du hattest also keine andere Wahl? Auch du hast nur gelogen. Alles, jeder Satz, war eine einzige Lüge!«

»Ich konnte nicht anders. Begreife das endlich. Ich konnte nicht anders.«

»Chiara, ich bitte dich, sag mir, was hast du mit diesen Leuten zu schaffen? Mit Carlos, mit diesem Santo und mit dem Mancuso-Clan? Was verdammt hat eine Frau wie du mit diesen Verbrechern zu tun? Was?«

Ich schüttelte müde den Kopf. Ich konnte es ihm nicht sagen. Es ging einfach nicht.

Er sah mich an, sehr lange, dann, ganz leise:

»Chiara bitte! Sprich mit mir, ich bitte dich.«

Ich dachte an den ersten Kuss von ihm, an die Gefühle, die er in mir ausgelöst hatte, und die Wut stieg wieder in mir hoch und ich schrie ihn an:

»Wer, verdammt, glaubst du, dass du bist? Ich soll dir etwas erzählen? Damit du dann damit angeben kannst? Allen erzählen, wie du mich rumgekriegt hast, damit ich dir etwas verrate? Oder warum sonst?«

Ich war ganz außer Atem, so sehr hatte ich mich verausgabt, ihm das entgegenzuschreien.

Er schluckte einmal, dann sah er mich an und alles Wütende war aus seinem Gesicht und aus seinen Augen verschwunden.

»Ich will gar nichts herumerzählen. Ich will einfach nur wissen, was du mit diesen Leuten zu tun hast. Weil ich immer noch hoffe, es gibt eine Erklärung. Eine Erklärung, die ich verstehe. Weil ich …«, er machte eine Pause, dann sah er mich fest an:

»Weil ich dich liebe, ja, verdammt, weil ich dich liebe, und zwar von dem Moment an, als ich dich das erste Mal sah.«

Ich starrte ihn an, wusste nicht, was ich davon halten sollte, ob es wieder nur ein Trick war, ob auch das nur gespielt war. Ich suchte in seinen Augen, aber die schienen zu unterstreichen, was er sagte.
»Es geht nicht, Emanuele, ich kann nicht, bitte, du musst mir glauben, ich habe nichts mit diesen Leuten zu tun.«
Sein Blick wurde wieder kalt:
»Na gut, ganz wie du meinst. Aber dann kann ich auch nichts für dich tun.« Damit drehte er sich langsam um und setzte sich in Bewegung.

Ich kämpfte mit mir und als er mir den Rücken ganz zugedreht hatte und wegging, bekam ich Angst. Angst, ihn zu verlieren. Angst, alles noch mehr kaputt zu machen. Angst, dass das alles aus dem Ruder lief. Ganz gewaltig aus dem Ruder lief.
»Ich suche das Archiv von Carlos Inzigniano.«
Er blieb wie vom Donner gerührt stehen. Dann drehte er sich ganz langsam zu mir um, starrte mich an, seine Augen waren weit aufgerissen:
»Was hast du gerade gesagt?«
»Ich suche das Scheißarchiv von Carlos.«
»Es gibt dieses Archiv also wirklich?«
»Ja.«
»Woher weißt du davon?«
»Von Carlos. Er hat mir gesagt, wo ich es finde.«
»Warum Chiara, warum du? Was hast du mit Carlos zu tun? Seid ihr verwandt?«
Ich schüttelte den Kopf:
»Nein, Emanuele, ganz und gar nicht.«

Und dann erzählte ich ihm die ganze Geschichte. Ich erzählte ihm von meinem Vater, der bei Carlos damals die neuen Papiere für meine Mutter kaufte,

von dem Versuch, als Carlos ihn damit erpressen wollte, von seinem Plan, ihn umzubringen, wie er ihn aus dem brennenden Haus gerettet hatte. Von den Anrufen des Anwalts und von meinem Entschluss, hierher zu reisen, um die Sache zu regeln. Ich ließ nichts aus. Außer einer Kleinigkeit. Ich erwähnte nicht die Passagen, in denen ich erfahren hatte, wo genau sich das Archiv befand. Als ich geendet hatte, sah mich Emanuele eine ganze Weile nachdenklich an. Dann gab er sich einen Ruck:
»Wo ist das Archiv? Du musst uns sagen, wo es ist! Es darf auf keinen Fall in die falschen Hände geraten oder vernichtet werden. Sag mir, wo es ist!«
Ich schüttelte wieder den Kopf:
»Das kann ich nicht tun. Ich muss zuerst dieses Notizbuch finden. Dann könnt ihr es haben.«
»Das geht nicht, Chiara, das kannst du nicht machen. Du machst dich strafbar, wenn du das für dich behältst. Ist es in der Kirche?«
Ich zuckte mit den Schultern:
»Vielleicht. Vielleicht ist es auch auf dem Grundstück, das ihr beschlagnahmt habt. Ich werde es dir nicht sagen. Es sei denn …«
»Es sei denn, was?«
»Es sei denn, du gibst mir dein Wort, dass ich für nichts, was ich bisher getan habe, bestraft werde. Und, dass ich das Notizbuch bekomme.« Ich holte tief Luft:
»Ich tausche das Notizbuch gegen das gesamte Archiv!«

Ich sah seinem Gesicht an, wie es in ihm arbeitete. Er wog ab, was wichtiger war. Versuchte zu ergründen, ob er das Archiv, jetzt, da er wusste, dass es existierte, auch ohne meine Hilfe finden konnte. Oder ob es sicherer war, auf meinen Vorschlag einzugehen. Das Archiv, dieser Mythos, der seit Jahrzehnten bestand. Vermutlich war noch nie jemand so nah dran gewesen, es zu finden, wie er jetzt. Was war da schon ein läppisches Notizbuch dagegen, mit ein paar Namen, ein paar geänderten Identitäten? Die meisten davon harmlos. Immigranten, wie meine Mutter, die sich nur etwas hatten aufbauen wollen, niemandem etwas getan hatten. Selbst wenn der eine oder andere darunter vielleicht einen Fang wert wäre, der Rest des Archivs war doch weitaus interessanter. All das ging ihm vermutlich durch den Kopf.

»Ich könnte die ganze Kirche auseinandernehmen lassen.« Er sagte es ganz ruhig, nicht provokativ.

»Ja. Ich weiß, dass du das könntest. Aber du wirst es nicht tun, nicht wahr? Denn wenn du das Archiv dort genauso wenig findest wie auf dem Grundstück, dann wirst du nie erfahren, wo es ist.« Auch ich sagte das ganz ruhig, wollte ihn nicht reizen.

Er nickte: »Gut. Machen wir einen Deal. Das Notizbuch gegen den Rest des Archivs.«

»Gibst du mir dein Wort?«

Er nickte wieder: »Ja. Ich gebe dir mein Wort.« Er zögerte kurz:

»Aber wir können das nicht offiziell machen. Offiziell hast du, wie auch immer, Informationen, die zum Archiv von Carlos führen. Und ich werde alle Schritte begleiten, bei deiner Suche. Von dem Notizbuch darf niemand erfahren. Das bekomme ich niemals durch, okay?«

»Gut,« ich nickte, »ja, das ist gut.«

Er sah mich wieder lange an, dann machte er einen Schritt auf mich zu:

»Chiara, ich bin so froh, dass ich endlich sicher weiß, dass du nichts mit diesen Leuten zu tun hast. Eine Weile habe ich geglaubt, du seist hier, um die Geschäfte von Carlos zu übernehmen. Und diese Vorstellung war so … schrecklich. Ich bin so froh.«
Ich sah ihm in die Augen und wieder lag darin dieser Glanz und ich sah auch die Erleichterung. Er hatte tatsächlich gehofft, dass ich nichts mit den ansässigen Familien zu tun hatte. Ob er das ernst gemeint hatte, dass er mich lieben würde? Ob ich ihn fragen sollte? Ich zögerte und er machte noch einen Schritt auf mich zu:
»Chiara, was ich vorhin gesagt habe … es stimmt! Ich habe mich wirklich in dich verliebt. Es hat mich fast zerrissen, dich so anzulügen. Ich habe sogar versucht, dass man mir den Fall entzieht, weil ich es nicht mehr ertragen habe, es war … dieser erste Abend. Als ich zu dir an den Tisch kam, die ersten Sekunden. Ich wusste bisher nicht, dass es so etwas gibt. Ich …« Er zuckte hilflos mit den Schultern und in mir kamen schon wieder Tränen hoch, allerdings waren es diesmal Tränen der Rührung und auch ich bewegte mich etwas in seine Richtung, und dann nahm er mich in die Arme und ich konnte nicht mehr. Die ganze Anspannung, die Angst, die Wut, alles fiel von mir ab und ich suchte seine Lippen, um endlich wieder einen dieser Küsse von ihm zu bekommen, die mir so angenehm den Atem und den Verstand raubten.

5.

Wir lagen im Sand, nackt, weit draußen am Horizont sah man den ersten hellen Streifen, der den neuen Tag ankündigte. Emanuele hielt mich im Arm und streichelte sanft meinen Rücken. Wir lagen auf seinem Hemd, aber waren trotzdem über und über mit Sand bedeckt. Es war kühl, in den Morgenstunden frischte es tatsächlich ein wenig auf, ein leichter Wind vom Meer her kühlte die Luft etwas ab und eigentlich war es einfach nur unbequem, kalt, klamm - und trotzdem schwebte ich im siebten Himmel.

Als wir uns küssten, vorhin, war es zuerst sanft und liebevoll. Von uns beiden fiel langsam die Anspannung ab, die uns die ganze Zeit in Aufregung versetzt hatte. Aus den zärtlichen Küssen wurden schnell leidenschaftlichere und dann waren wir förmlich übereinander hergefallen. Ich hatte sein Hemd hastig aufgeknöpft und seine Brust angefasst, die muskulös und glatt war, und er hatte angefangen, mich leicht in den Hals zu beißen und mir mein Top über den Kopf gestreift, und dann hatten wir uns die restlichen Kleider aufgeregt von unseren Körpern genestelt und waren in den Sand gesunken. Hatten mich seine Küsse neulich schon umgehauen, jetzt raubten sie mir völlig den Verstand. Sein Mund wanderte nach unten, meinen Hals entlang, bis zu meinen Brüsten und seine Zunge liebkoste sie und die Nippel, die längst zum Platzen hart waren. Ich spürte seine Erregung an meinem Oberschenkel und ich griff nach ihm und hielt mich nicht lange mit vorsichtigen Annäherungsversuchen auf, ich nahm seinen Penis direkt fest in die Hand und als er aufstöhnte, begann ich ihn zu massieren, und als er seine Position etwas veränderte, brauchte ich nicht mehr viel tun und er war in mir. Er liebte mich mit harten Stößen und ich hatte meine Beine um ihn geschlungen und meine Hände lagen auf seinem Po und ich zog ihn im gleichen Rhythmus immer wieder fest an mich und er küsste mich keuchend, und als ich merkte, dass wir beide so weit waren, musste ich meine Nägel in seinen Rücken krallen, um nicht den Verstand zu verlieren, und dann schrie und stöhnte ich in seinen offenen Mund und als er sich heiß und endlos in mir ergoss, klammerte ich mich wimmernd an ihn und brauchte eine Ewigkeit, bis die Sterne vor meinen Augen zu tanzen aufhörten, und ich vergrub mein Gesicht in seinem Hals. Und dann sagte ich ihm, dass ich ihn liebte.

6.

Irgendwann hatten wir uns voneinander gelöst und es war nichts peinlich, wir waren bereits jetzt so vertraut, so verbunden, dass es einfach nur schön war. Wir kicherten, als wir versuchten, uns einigermaßen vom Sand zu befreien, und dann liefen wir eng umschlungen zu seinem Wagen, und als er mich am Hotel absetzte, küsste er mich endlos lange und dann nahm er mein Gesicht in beide Hände:
»Wir schaffen das, Chiara, wir kriegen das hin, ja!«
Ich hatte nur genickt und dann war ich in die Lobby gelaufen, um meinen Schlüssel an der Rezeption zu holen, und wollte nur noch duschen und schlafen. Aber ich kam nicht weit, denn in der Halle wartete Lucia auf mich. Sie saß mit eiskaltem Blick in einem der Sessel und als sie mich sah, sprang sie behende wie eine Raubkatze auf und kam auf mich zu.
»Aha. Ich hatte mir schon so etwas gedacht.«
Ich schaute sie müde an, ich hatte keine Ahnung, was sie von mir wollte, ich hatte doch mit Emanuele alles besprochen, aber dann wurde mir klar, dass sie davon ja nichts wissen konnte. Ich wollte etwas sagen, aber sie blickte mich nur verächtlich an:
»Los komm, ich will dir etwas zeigen!«

Kapitel 9

1.

Wir fuhren schon eine ganze Weile die Küste entlang. Sie hatte nichts mehr gesprochen und ich war zu müde, um viele Fragen zu stellen. Lucia trug noch die gleichen Sachen wie in der vergangenen Nacht, vermutlich hatte sie, sofort nachdem Emanuele mich mitgenommen hatte, in meinem Hotel Stellung bezogen und dann stundenlang gewartet. Fast bewunderte ich sie für ihre Ruhe. Ich an ihrer Stelle wäre schon nach kurzem Warten völlig ausgeflippt. Sie aber schaute konzentriert auf die Straße und nur ab und zu spürte ich ihren Blick, wenn sie mich ganz kurz von der Seite musterte. Wir waren jetzt in einer einsamen, kargen Gegend. Es gab keine Häuser mehr und auch keine bewirtschafteten Strände. Die Sonne war inzwischen ganz aufgegangen und kündigte schon wieder die Hitze an, die in wenigen Stunden herrschen würde. Die Teerstraße war ausgeblichen und am Rand völlig ausgefranst. Neben der Straße gab es nur braun verbranntes Gras auf den Wiesen, wobei, es waren keine echten Wiesen, überall ragten die typischen kleinen Felsbrocken heraus, die ein Bewirtschaften dieser Flächen mit Maschinen fast unmöglich machten. Das Meer war tiefblau und völlig glatt, der Himmel spielte mit ein paar wenigen weißen Schleierwölkchen, die wie Segel aussahen. Weiter vorne ragten schroffe Felsen senkrecht in die Höhe. Auf einem sah ich einen Turm, es war nur noch eine verfallene Ruine, vermutlich eine alte Festungsanlage, von der aus die Wachposten darauf achteten, dass niemand sich ungesehen der Insel näherte.

Im Auto war es stickig. Scheinbar hatte es keine Klimaanlage und die Luft war feucht und drückend. Aber da Lucia völlig unbeeindruckt davon schien, riss ich mich zusammen und tat ebenfalls ganz cool.

Schließlich bog sie von der Straße in einen kleinen Weg ab, hielt den Wagen an und stieg aus.
»Komm mit!«, war alles, was sie mir in knappem Befehlston sagte.

2.

Sie lief ein paar Meter voraus, dann standen wir fast am Ufer. Der Boden war sandig - gelber, im Sonnenlicht fast goldener Sand - ganz anders als an den meisten Strandabschnitten, die Kiesböden hatten. Es war absolut still. Bis auf ein paar Zikaden, die balzend in die Hitze zirpten, und dem sanften Anschlagen der Brandung, war nichts zu hören. Ein idealer Ort, um jemanden verschwinden zu lassen, dachte ich unwillkürlich. Und gleichzeitig war ich plötzlich froh, mit Lucia hier zu sein, und nicht etwa mit dem Kerl mit den Handschuhen oder mit Santo, denn in deren Gegenwart hätte ich mir an einem solchen Ort tatsächlich große Sorgen gemacht. Obwohl, so wie Lucia drauf war, sollte ich mich vielleicht auch mit ihr nicht ganz so sicher fühlen. Vorsichtshalber trat ich unauffällig einen kleinen Schritt von ihr weg und sah mich nach etwas um, das ich als Waffe verwenden könnte. Und dann dachte ich wieder an die Szene von heute Nacht, als ich diesen riesigen Kerzenhalter in meinen Händen hielt, unfähig mich zu bewegen, während sie ganz ruhig ihre Waffe auf mich gerichtet hatte. Das konnte ich getrost vergessen, ich musste einfach hoffen, dass sie mir nichts tun wollte.

»Weißt du, wie man diesen Strand hier bei uns nennt?«, riss sie mich aus meinen Gedanken.
Ich schüttelte den Kopf.
»Nein, natürlich weißt du das nicht. Man nennt ihn den "roten" Strand.«
Ich sah mich nochmals um. Aber ich konnte nichts entdecken, was diesen Namen hätte erklären können. Ich wusste nicht, ob sie erwartete, dass ich sie fragte, aber noch bevor ich zu einer Entscheidung kam, sprach sie weiter:
»An diesem Strand kamen früher die Boote der Schmuggler an. Und hier, hinter diesen Büschen, wartete dann oft die Polizei auf sie. Die meisten Boote kamen morgens, kurz bevor es hell wurde. Es war ein endloses Spiel. Die Schmuggler änderten immer wieder die Zeiten und auch die Stellen, an denen sie anlegten. Der Strand ist lang, endlos lang, es war ein Katz- und Maus-Spiel. Mal gewannen die Bösen, mal die Guten. Aber es lief immer friedlich ab. Wer erwischt wurde, wanderte in den Bau. Fertig. Es gab gelegentlich eine kleine Prügelei, einen ausgeschlagenen Zahn, ein blaues Auge, aber es passierte nie etwas Schlimmes.«
Sie machte eine Pause und blickte aufs Meer. Ich hatte keine Ahnung, worauf sie hinauswollte, aber ich ließ ihr einfach Zeit, ich spürte, wie wichtig das hier für sie war, dass sie etwas mit diesem Ort verband. Schließlich drehte sie sich wieder zu mir:
»Dann änderten sich die Zeiten. Die großen Familien begannen, die Schmuggler zu organisieren und verlangten eine Beteiligung von ihnen. Von da ab war jeder verhaftete Schmuggler ein Einnahmen-

Ausfall für die Bosse. Und so ließen sie eines Tages das Gerücht verbreiten, es würde die größte Ladung aller Zeiten ankommen. Sie lancierten den Tag, die Uhrzeit, den genauen Strandabschnitt. Die Polizei glaubte, sie würde den Fang ihres Lebens machen. Sie boten jeden Mann auf, den sie verfügbar hatten, und versteckten sich überall am Strand. Als dann zum geplanten Zeitpunkt tatsächlich eine Menge Boote anlegten, dachten sie, sie würden den Schmugglern einen überraschenden Empfang bereiten. Aber es war eine Falle. In den Booten waren keine Schmuggler, in den Booten waren schwerbewaffnete Männer. Sie hatten Maschinenpistolen und metzelten jeden Polizisten nieder, der ihnen in die Finger kam. Eine Menge Beamte verloren in dieser Nacht hier ihr Leben oder wurden schwer verletzt. Als man sie barg, erzählten die Retter, der ganze Strand war rot. Rot vor Blut.« Wieder wandte sie den Blick ab. Ich hatte einen Kloß im Hals und wusste nicht, was ich sagen sollte. Dann sprach sie weiter, aber ohne mich anzusehen:
»Mein Großvater war einer der Polizisten, die hier umkamen, er starb in den Armen seines Sohnes, der ebenfalls Polizist war. Du kennst ihn. Mein Name ist Lucia Borrata. Du hast schon mit meinem Vater gesprochen. Dem alten Commissario. Auch ihm hast du deine ganzen Lügen aufgetischt.« Den letzten Satz hatte sie voller Verachtung mit schmalen Lippen herausgepresst.
»Ich …«, aber sie schnitt mir das Wort ab:
»Einer der Initiatoren dieser Aktion war damals der Vater von Carlos. Verstehst du jetzt? Wir werden nie tolerieren, was immer du mit diesem Abschaum mauschelst, was immer dich hierhergeführt hat. Du kannst meinen Vater einlullen, er ist alt und müde.

Und du kannst Emanuele um den Finger wickeln, mit deinen großen hübschen Augen. Aber mich verarscht du nicht! Wir alle, ich, meine Familie und all die anderen, haben viel zu viel aufgegeben in diesem Kampf. Wir haben schon so viele verloren, die mit uns gegen diese Seuche gekämpft haben. Ich werde es nicht zulassen, dass du das Werk von Carlos fortführst!«

Sie sah mich dabei wieder mit ihrem kalten ruhigen Blick an und ich bekam Gänsehaut. Sie war keine Frau, die lange fackelte, das war mir klar. Mochte sie vom Temperament das genaue Gegenteil von mir sein, diese Ruhe, diese Kälte, die sie zur Schau stellte, aber sie war genauso entschlossen wie ich es bin, wenn ich etwas durchsetzen will. Ich verstand sie nur zu gut. Dieser Kampf gegen das organisierte Verbrechen, der so zermürbend, so aussichtslos war. Sie war jetzt also schon die dritte Generation in ihrer Familie, die ihn führte. Dann hatte sie auch den Wandel mitbekommen. Nach den beiden großen Mafiakriegen der "Cosa Nostra", wie die Organisation hier auf Sizilien hieß, als sich die Familien gegenseitig dezimiert hatten und sich dann auch noch der Rest aufs Festland absetzte, um der Verfolgung durch die Behörden zu entgehen, gab es fast keinerlei Aktivitäten mehr hier auf Sizilien. Gerade einmal der Zigartettenschmuggel von Neapel her hielt die verbliebenen Familien noch einigermaßen über Wasser. Doch dann drehte sich das Blatt, als wieder einmal die Gerichte und Staatsanwälte die Verlierer waren und die Bosse freigesprochen wurden. Die Familien kehrten zurück und zusammen mit anderen Organisationen auf dem Festland bauten sie den Drogenhandel neu auf und machten wieder Millionen Gewinne. Und dann begann die Phase, als

sie lernten, das Geld in den normalen Wirtschaftskreislauf einzuspeisen, sich im Bankgeschäft festsetzten, im Baugewerbe aktiv wurden. Eine riesige Maschinerie. Längst stimmt das Klischee des Nadelstreifen tragenden Paten nicht mehr, der mittags in seinem Stammlokal sitzt und Hof hält. Längst ist die Organisation in den oberen Etagen der großen Konzerne angekommen und funktioniert nach außen wie eine Aktiengesellschaft, die sich redlich bemüht, Gewinne für ihre Aktionäre zu erwirtschaften. Aber all das änderte nichts an der Brutalität, mit der gegen jeden vorgegangen wird, der sich dieser Organisation in den Weg stellt. Die vielen Opfer, die es in dieser Auseinandersetzung gegeben hatte, Polizisten, Staatsanwälte, Richter, unschuldige Menschen. So viele Schicksale. Wenn ich bei Carlos war, sah ich immer nur den zerbrechlichen alten Mann, der nicht mehr lange zu leben hatte. Es stand mir nicht zu, über ihn zu richten, aber man vergisst zu schnell, was Leute wie er alles verbrochen haben, wen sie alles auf der Strecke gelassen hatten, aus dem Weg geräumt, rücksichtslos und ohne Skrupel. Und dazu kamen all die Mutigen, die sich ihnen entgegenstellten, Geschäftsinhaber, die sich offen gegen die Schutzgelderpressungen wehrten, die versuchten, mit ihrem Label "addiopizzo" gemeinsam all dem ein Ende zu bereiten. Die nicht wissen, ob ihr Geschäft am nächsten Morgen noch existieren wird, wenn sie sich weigern, zu bezahlen. Und die Beamten, die der Korruption widerstehen, Menschen wie Emanuele, Lucia, der alte Commissario oder die beiden Ermittler, die mich vor Carlos Haus abgefangen hatten.
Und Lucia dachte nach wie vor, dass ich eine von denen wäre, ihre Feindin sei. Ich hatte keine Ahnung, ob es richtig war, dass ich dieses Notizbuch für mich

beanspruchte. Aber ganz sicher würde ich ansonsten nichts tun, um jemandem wie Carlos zu helfen. Mein Vater hatte ihn umbringen wollen und ich selbst hatte auch schon mit meinem Gewehr im Anschlag auf ihn angesetzt.
»Lucia ...«, ich machte einen Schritt auf sie zu und sie wich instinktiv im gleichen Abstand zurück.
»Lucia, ich weiß wo Carlos sein Archiv versteckt hat. Und ich werde euch hinführen. Bitte, sprich mit Emanuele, ich habe ihm heute Nacht alles erzählt.«
Sie sah mich erstaunt an, setzte an, etwas zu sagen, schwieg dann aber doch. Dann griff sie in ihre Jacke und ich dachte, sie zieht wieder ihre Waffe, aber es war nur ihr Handy und sie entfernte sich ein paar Schritte und redete dann sehr lange. Ich sehnte mich nach einer Zigarette, aber ich hatte keine mehr und so stand ich einfach da, starrte auf das satte Blau des Meeres und versuchte, nicht daran zu denken, dass ich in Sand stand, der mit dem Blut so vieler Menschen getränkt war.

3.

Lucia hatte nach dem langen Telefonat nicht mehr viel gesprochen und mich ins Hotel zurückgefahren. Ich vermutete, dass sie mit Emanuele telefoniert hatte, aber ich traute mich nicht zu fragen. Sicher würden wir niemals Freundinnen werden. Immerhin schien sie jetzt etwas ruhiger. Ich hatte keine Ahnung, ob sie mir traute, doch zumindest gab sie mir nicht mehr das Gefühl, eine Verbrecherin zu sein. Wie bei der Hinfahrt hatte sie sehr konzentriert auf die Straße geblickt. Und vermutlich war sie bereits alle Optionen durchgegangen, was zu tun sei, sollte ich ihnen tatsächlich das Archiv liefern.

Mein Zimmer war nach der Nacht unbenutzt und ich hatte keine Kraft mehr, das Bett aufzuschlagen. Ich ließ mich einfach auf die Tagesdecke fallen und schlief, vollständig angezogen, sofort ein.

Irgendwann weckte mich das penetrante Summen meines Handys. Emanuele hatte zigmal probiert mich zu erreichen und mir dann wohl ein paar Nachrichten geschickt. Ich versuchte, ein paar davon zu lesen, aber mein Kopf dröhnte und fühlte sich an, als sei er mit Watte gefüllt. Allerdings mit mehr Watte, als eigentlich hineinpasste. Ich wankte unter die Dusche und erst als ich noch eine ganze Weile eiskaltes Wasser über mich laufen ließ, begann mein Kopf etwas klarer zu werden. Dann bestellte ich mir beim Zimmerservice eine Kanne Espresso und zwei Flaschen Wasser und als mir alles gebracht worden war, stand ich auf der Terrasse, nur mit meiner Sonnenbrille bekleidet, und trank abwechselnd Wasser und caffè und rauchte ein paar Zigaretten.

Ich bekam nicht mehr wirklich alles auf die Reihe. Es war zu viel passiert, die letzten achtundvierzig Stunden, und mein Verstand begann, Ereignisse durcheinanderzuwerfen. Ich musste mich höllisch konzentrieren, um den Überblick wieder zu erlangen. Es war tatsächlich erst letzte Nacht gewesen, dass mich Lucia und Emanuele in der Kirche überrascht hatten. Und erst gestern morgen war dieses Einsatzkommando auf dem Grundstück aufgetaucht. Dann die Nacht mit Emanuele am Strand. Dieser Streit zwischen uns, der beinahe eskaliert wäre, und dann, als wir uns geliebt hatten und ich für ein paar Augenblicke alles vergessen hatte, was gerade geschah. Und Lucia. Ihre Geschichte am Strand, die mich auch sehr mitgenommen hatte. Plötzlich tauchte wieder die Frage auf, ob sie und Emanuele … aber nein, er war nicht der Typ Mann, der mit mir herummachte, wäre er tatsächlich mit Lucia zusammen. Aber vielleicht hatten die beiden eine Vergangenheit, oder sie war heimlich in ihn verliebt. Auf jeden Fall hatte ich den Eindruck, er war ihr sehr viel wichtiger, als ihm das bewusst war.

Und nun würden Emanuele und ich heute Abend versuchen, das Archiv zu finden. Verdammt! Seine ganzen Nachrichten fielen mir plötzlich wieder ein und ich holte mein Handy, um zu sehen, was er gewollt hatte, und vor allem, um mich bei ihm zu melden.

4.

Wir hatten uns etwas außerhalb der Stadt verabredet, er wollte wohl nicht mehr das Risiko eingehen, dass man uns zusammen sah, so kurz vor dem Finale. Ich folgte einfach den Anweisungen meines Navis und schraubte mich immer höher in die Hügel, bis ich eine alte Befestigungsanlage erreichte, die heute ein Restaurant ist.

Emanuele hatte auf dem Parkplatz auf mich gewartet und als ich ihm gegenüberstand und wir einen ganz kleinen Moment nicht wussten, wir wir uns verhalten sollten, fielen wir uns einfach in die Arme und hielten uns endlos aneinander fest. Dann standen wir an einer kleinen Mauer und genossen eng aneinander gekuschelt unsere Nähe und den Blick, den man von hier hatte. Man sah über die ganze Stadt bis aufs

Meer hinaus. Es war heiß und er trug nur ein T-Shirt und ich spürte wieder seinen muskulösen Oberkörper und plötzlich gab er mir so eine Sicherheit, dass alles gut gehen würde, und ich schloss die Augen und lehnte meinen Kopf an ihn.

Schließlich suchten wir uns einen schattigen Platz und weil wir wohl beide zwar sehr hungrig waren, aber keinen Nerv für lange Menüfolgen hatten, bestellte sich jeder von uns eine Pizza, die es hier zum Glück bereits zu Mittag gab. Dazu orderten wir einen Krug Bier und sobald unsere Bestellung auf den Weg gebracht war, hielten wir uns wieder an den Händen fest.

»Chiara, ich weiß, es ist … es gibt … ach, ich bin nicht gut in solchen Dingen. Ich will dir so viel sagen, zu letzter Nacht, so vieles mit dir besprechen, zu uns. Aber …« Er sah mich hilflos an.
Ich nickte: »Ich weiß, Emanuele, ich weiß, wir müssen über das Archiv reden. Völlig in Ordnung.«
Kurz lächelte er mich dankbar an, dann wurde er wieder ernst:
»Ja, heute Nachmittag ist der Gutachter dort, wegen des gemeldeten Erdbebenschadens. Es ist schon ein komischer Zufall, dass die Kirche gerade jetzt so ganz unbewacht war, oder?«
Ich sah ihn mit meinem unschuldigsten Blick an:
»Ja, sehr komisch, wirklich.«
Wir mussten beide lachen und er drückte meine Hand.
»Du bist mir schon wirklich eine, das muss ich sagen!«
Ich grinste. Die Bedienung brachte unsere Pizzen und wir orderten noch einen weiteren Krug Bier, den

ersten hatten wir rasch geleert, wohl um beide unsere Nerven etwas zu beruhigen.
»Wir haben verschiedene Möglichkeiten durchgespielt«, nahm er den Faden wieder auf, »aber wir sind der Meinung, dass wir das Archiv ohne jedes Aufsehen öffnen wollen. Wir können nicht ausschließen, dass Carlos dich mit diesem Ort nur testet. Es muss die ganze Zeit so aussehen, als würdest du alleine arbeiten. Und auf keinen Fall darf jemand herauskriegen, dass du mit uns kooperierst.«
Ich nickte. Wusste darauf nichts zu sagen.
»Wir haben auch niemanden großartig eingeweiht. Außer meinem direkten Vorgesetzten ist nur mein Team informiert, worum es geht. Wir wollen keinerlei Risiko eingehen. Erfährt irgendeine der großen Familien, was wir dort machen, kann alles passieren. Wenn ein Killerkommando anrückt, haben wir kaum eine Chance, uns zu verteidigen. Sie sind zu viele und zu gut ausgerüstet. Es ist viel besser, wenn erst gar niemand weiß, was läuft, bis wir das Archiv sichern können.«
Ich schluckte. Wenn sich jemand wie Emanuele solche Sorgen machte, dann hatte ich scheinbar die ganze Zeit viel zu sehr unterschätzt, in welcher Gefahr ich mich befand.

Wir hatten aufgegessen und tranken noch einen caffè und rauchten eine Zigarette. Ich hatte Emanuele inzwischen genau erklärt, was ich bisher gemacht hatte und was wir heute Nacht noch tun mussten, um das Archiv freizulegen. Er sah mich eindringlich an, dann trank er seine Tasse leer:
»Ich fahre dich jetzt in die Nähe deines Hotels, dann kaufst du ein paar Sachen und nimmst später ein Taxi. Es soll so aussehen, als wärst du ein bisschen

shoppen gewesen. Ruh dich ein wenig aus und dann treffen wir uns hier.« Er zog ein Notizbuch aus der Tasche, schrieb eine Adresse darauf und schob mir den Zettel zu.
»Und mein Wagen? Ich bin selbst hergefahren.«
Er nickte: »Einer meiner Leute wird ihn in der Nähe der Kirche für dich parken. Wir können kein Risiko mehr eingehen. Ich habe jemanden im Hotel, der sicherstellt, dass dich niemand verfolgt. Das ist einfacher zu gewährleisten, wenn du das Hotel zu Fuß verlässt.«
Ich schob ihm den Wagenschlüssel zu. Dann gingen wir zum Parkplatz. Dort lehnte einer der Ermittler, der, der immer sein Hemd mit der schlampig gebundenen Krawatte trug, an meinem Wagen. Er nickte mir unmerklich zu, Emanuele gab ihm den Schlüssel und dann fuhr er mich wie besprochen in die Stadt.

5.

Ich war eine Stunde durch die Straßen gelaufen auf der Suche nach irgendetwas, das ich kaufen könnte, aber ich hatte überhaupt keinen Nerv dazu, etwas auszusuchen, und schließlich zwang ich mich in zwei Boutiquen, in denen ich lustlos irgendwelche Blusen kaufte, die ich vermutlich nicht mal zu Hause zur Stallarbeit anziehen würde, aber ich hatte endlich zwei wunderschöne Designertüten, die zeigten, ja, Chiara war shoppen.

Ich nahm, wie Emanuele es mir aufgetragen hatte, ein Taxi, was ich affig fand, aber es war egal, ich würde jetzt keine Diskussionen anfangen, sondern einfach tun, was er für richtig hielt, schließlich war er der

Profi und ich hatte von solchen Dingen keinerlei Ahnung.

Als ich die Lobby betrat, versuchte ich wie eine Frau zu wirken, die gerade einen wirklich harten Nachmittag hinter sich hat, bei dem sie auch noch sündteure Label hatte kaufen müssen, und vermutlich machte ich das nicht gerade oscarreif. Aber alle meine Überlegungen dazu vergingen mir in dem Moment, als ich die Halle betrat und - wie schon einmal - Santo dort saß.
Er hatte wieder, welche Überraschung, seine schwarze viel zu enge Lederjacke an, die Sonnenbrille vorm Gesicht und sein Blick wirkte wie jedesmal überheblich - ja, abstoßend arrogant. Panik stieg in mir hoch. Was sollte ich ihm sagen? Wie sollte ich glaubwürdig wirken?

Schweiß brach mir aus und ich verlangsamte mein Tempo, um Zeit zu gewinnen. Jetzt hatte er mich gesehen und er wollte wohl gerade wieder seine Kopfbewegung machen, mit der er mich das letzte Mal schon nach draußen befohlen hatte, als es hinter mir laut wurde.

Es war Lucia. Sie drängte sich mit fester Stimme an mehreren Hotelgästen vorbei und rief:
»Nun machen Sie doch Platz. Sie behindern eine polizeiliche Maßnahme!«
Sie hatte ihre Polizeimarke deutlich sichtbar um den Hals und schritt nun mit ihrem Gänsehaut-Blick zügig auf die Rezeption zu. Dort lehnte sie sich an den Tresen und sah einmal intensiv durch die gesamte Lobby. Dann zeigte sie dem Rezeptionisten

sehr auffällig ihren Dienstausweis und hielt ihm irgendein Foto unter die Nase.

Als Lucia anfing, sich so auffällig zu benehmen, hatte Santo wohl die Polizeimarke erkannt und seine Kopfbewegung sofort wieder eingestellt. Dann hatte er sich mit dem Rücken zum Eingang über einen Zeitungsstapel gebeugt, sich eine herausgenommen und war im nächsten Moment verschwunden.

Ich brauchte einen Moment, bis ich begriff, was das alles zu bedeuten hatte. Es ging lediglich darum, Santo zu verscheuchen, ohne dass er das mit mir oder sich in Verbindung brachte. Ich vermied es, Lucia anzusehen und machte, dass ich auf mein Zimmer kam. Lucia war also diejenige aus Emanueles Team, die für mich im Hotel zuständig war. Vermutlich hatte sie den Auftrag an sich gerissen, um sicherzustellen, dass Emanuele und ich nicht noch schnell ein Schäferstündchen in meinem Zimmer einlegten.

6.

Das mit dem Ausruhen in meinem Zimmer hatte nicht mal ansatzweise funktioniert. Ich war viel zu nervös, rauchte eine Zigarette nach der anderen und starrte im Sekundentakt auf die Uhr. Ich drehte langsam durch, eingesperrt hier zu sitzen, von der Polizei beschützt und der halben Cosa Nostra gejagt, wie ich mir theatralisch einbildete.
Ich duschte zweimal, bestellte mir mehrmals Espresso und schließlich eine Flasche Wein aufs Zimmer. Ich trank nur ein Glas, einfach um etwas ruhiger zu werden, und dann, endlich, war es Zeit, zu meinem Treffpunkt mit Emanuele aufzubrechen.

Ich schlenderte durch die Halle und tat ganz unauffällig, innerlich zitterte ich, dass nicht wieder jemand hier auf mich warten würde. Lucia war nirgends zu entdecken, aber egal, sie würde schon wissen, wie sie sicherstellte, dass mir niemand folgte.

Die Luft kochte, die Abendsonne gab noch einmal alles, um die Temperaturen noch ein klein wenig hochzutreiben. Emanuele hatte mir gesagt, ich solle einfach ganz normal auf direktem Weg zu ihm kommen und gar nicht erst versuchen, eventuelle Verfolger auszumachen. Also durchquerte ich die Innenstadt einfach in normalem Tempo, bis ich das kleine Lokal fand, das er mir beschrieben hatte. Er saß dort vor einem Glas Wein und erleichtert setzte ich mich zu ihm. Ich bestellte mir einen Campari, mit einer extra Portion Eis, um ihn gut zu verdünnen.
Wir sprachen nicht viel, jeder von uns hing seinen Gedanken nach. Die untergehende Sonne färbte das Meer golden ein und die kleinen Wellen sorgten dafür, dass die Wasseroberfläche wie mit Diamanten durchsetzt funkelte. Es war ein wunderschöner Anblick und wie üblich beruhigte das Meer mich so weit, dass ich langsam wieder normal atmen konnte und mein Körper endlich das viele Adrenalin abbaute, das seit Stunden durch meine Adern peitschte.

Wir saßen unter einem antiken Torbogen, auch wieder ein Überbleibsel einer ehemaligen Befestigungsanlage, wie es sie hier überall gab, und eben auch typisch ist für eine Insel, die sich ja immer nur nach dem Wasser hin verteidigen und schützen hatte müssen.

Ich wollte meinen Kopf an seine Schulter legen, aber dann fiel mir etwas ein:
»Emanuele, sag, beobachten uns deine Leute jetzt auch?« Nicht, dass Lucia wieder zur Waffe griff, wenn ich Emanuele zu nahe käme.
»Nein. Sie haben sichergestellt, dass dir niemand gefolgt ist. Inzwischen haben alle bereits ihre Positionen an der Kirche eingenommen.«
Ich nickte und legte meinen Kopf nun tatsächlich an seine Schulter und sofort schlang er den Arm um mich und küsste mich auf die Stirn. Wieder saßen wir eine ganze Weile einfach nur da und ich konnte gar nicht genug davon bekommen, ihm so nah zu sein, ihn zu berühren, seinen wunderbaren Duft in mir aufzunehmen.

»Warum bist du Polizist geworden?«, fragte ich ihn.
»Gute Frage. Ich fand es als kleiner Junge schon irgendwie cool.«
»Und …«, ich zögerte, »Lucia?«
»Lucia habe ich während der Ausbildung kennengelernt.« Es klang ganz harmlos. Er wusste scheinbar tatsächlich nicht, was sie für ihn empfand.
»Sie hat mir von ihrem Vater erzählt und was damals am Strand passiert ist.«
Er sagte lange nichts. Dann:
»Ja, das muss schlimm gewesen sein. Ihr Vater, der Commissario, hat mir oft davon erzählt. Allen jungen Polizisten. Er ist eine Legende, er hat mit Abstand die höchste Aufklärungsquote. Dabei haben ihn die normalen Verbrecher nie interessiert. Er war sein Leben lang immer nur hinter den großen Bossen her, hat ihnen das Leben schwer gemacht, so gut er konnte. Und vor allem war er hinter Carlos her, das

ist der Mann, der ihn jeden Tag motiviert hat, weiterzumachen, um ihn eines Tages doch noch zu kriegen.«
»Aber es hat nicht geklappt, oder? Carlos ist immer noch frei.«
Er blickte wieder eine ganze Weile schweigend aufs Meer.
»Nein, es hat nicht geklappt. Es klappt fast nie. Wir kriegen immer nur die kleinen Handlanger. Und sobald einer von denen tatsächlich mal ins Gefängnis muss, sorgt die Organisation für deren Familien.« Er zündete sich eine weitere Zigarette an, dann setzte er noch nach: »Wir sind immer die Dummen.«
Es klang bitter und kurz erinnerte er mich an die beiden, die mich bei Carlos auf der Straße aufgehalten hatten und vor allem an den Blick, der mich so gerührt hatte, als sie mich auf dem Grundstück befragten.
Ich drückte seine Hand: »Wenn ihr die Unterlagen habt, wird sich das Blatt wenden. Dann war dieser Carlos doch noch für etwas gut!«
Er lächelte plötzlich: »Ich mag es so sehr, wie du die Dinge siehst.«

Es würde immer noch ein wenig dauern, bis die Sonne endgültig untergegangen war und wir im Schutz der Dunkelheit mit unserer Aktion starten konnten. Das Lokal hatte sich langsam gefüllt und es war laut geworden, die Menschen strömten an so einem Abend nach draußen, genossen den Sommer, flirteten, aßen und tranken - und wir fühlten uns plötzlich fehl am Platz bei all dem Trubel und so zahlten wir und gingen hinunter an den Strand, um dort noch ein wenig ungestört zu sein.

Die Kühle des nassen Sandes direkt am Ufer tat gut nach der Hitze. Ich hatte meine Schuhe ausgezogen und ich mochte es, wie mir ab und zu eine Welle etwas Wasser über die Füße spülte. Wir liefen langsam, wir hatten kein Ziel und ab und zu blieben wir stehen und küssten uns und jedesmal war es wieder so wie beim ersten Kuss, mir wurde warm und ich konnte nicht genug davon bekommen, seine weichen Lippen auf meinen zu spüren und das Gefühl zu genießen, wenn unsere Zungen miteinander spielten.

»Wann wirst du abreisen?« Seine Stimme klang belegt, so als hätte er Angst vor der Antwort.
»Wenn wir das Archiv heute Nacht finden, dann … morgen früh.«
Er nickte und seine Augen wurden dunkel. Ich nahm seine Hand und drückte sie:
»Ich muss nach Hause. Ich muss hier aus der Schusslinie. Carlos, dieser Santo, all die anderen, ich muss erst mal alles verarbeiten, was hier passiert ist.«
»Ich verstehe«, presste er heraus.
Ich blieb stehen, nahm ihn an beiden Händen und zog ihn zu mir heran:
»Emanuele, es ist nur die Emilia Romagna, ich bin nicht aus der Welt, noch nicht einmal aus dem Land. Und der Sommer fängt gerade erst an.«
Er sah mich lange an und ich bildete mir ein, seine Augen würden leicht feucht, aber dann konnte ich nichts mehr erkennen, weil mir selbst die Tränen kamen und dann umarmten wir uns so fest wir konnten und standen einfach an diesem Stück Strand und hofften, dass wir uns niemals mehr würden loslassen müssen.

Kapitel 10

1.

Wir näherten uns der Kirche von einer kleinen Seitenstraße aus und Emanuele zeigte mir bei der Gelegenheit, wo sie meinen Wagen für mich geparkt hatten. Ich nahm meine Stirnlampe und das Maßband aus dem Kofferraum und steckte beides in meine Tasche. Als wir die Kirche fast erreicht hatten, blieb er stehen:

»Warte einen Moment, ich hole meine Sachen.«

Er lief ein paar Meter zu einem Wagen, der dort geparkt war, und erst jetzt bemerkte ich, dass jemand darin saß. Es waren wieder die beiden, die ich bei Carlos vor dem Haus das erste Mal kennengelernt hatte. Emanuele stand am Wagen und sprach durch das offene Fenster. Er hatte seine Hände tief in den Taschen seiner Jacke vergraben. Er blickte ernst und konzentriert, als er zuhörte. Sein schmales Gesicht sah in dem fahlen Licht der Laterne hart und auch ein wenig müde aus. Dann reichten sie ihm etwas aus dem Fenster und ich konnte erkennen, dass er eine Taschenlampe an seinem Gürtel befestigte und ein Funkgerät anklipste. Und er bekam scheinbar noch eine weitere Waffe, die er in ein Holster an seiner Wade steckte.

Ich zündete mir eine Zigarette an und sah mich um. Mir fiel nichts weiter auf, es schien sonst niemand hier zu sein.

Emanuele kam wieder zu mir und zog mich in einen dunklen Hauseingang. Dann nahm er sein Funkgerät und klickte ein paar Mal mit der Sendetaste. Kurz darauf blinkte der Wagen, an dem er eben gestanden hatte, mit den Scheinwerfern auf, das Gleiche tat ein weiterer Wagen, der am anderen Ende der Straße stand. Das war dann vermutlich Lucia. Und ein Obdachloser, der mühsam seinen mit irgendwelchem Ramsch gefüllten Einkaufswagen schob, blieb plötzlich stehen und zündete sich ein Zigarillo an. Der alte Commissario hatte es sich also nicht nehmen lassen, auch mit dabei zu sein.

Wir umrundeten die Kirche und nahmen den Zugang durch das Fenster, den ich entdeckt hatte. Von innen verriegelte ich es diesmal sorgfältig und dann stand ich zum dritten Mal im Kirchenschiff und hoffte, dass es auch das letzte Mal sein würde, dass ich in eine Kirche einbrechen musste. Auch wenn ich das jetzt quasi mit behördlicher Erlaubnis tat.

Emanuele wollte sofort runter in den Keller, den er ja noch nicht gesehen hatte, aber ich hielt ihn zurück.
»Nicht, das hat Zeit, wir müssen erst vermessen.«
Da sich die Keller direkt unter dem Schiff der Kirche befanden, so weit hatte ich das schon erkennen können, brauchten wir lediglich einmal die Länge und die Breite auszumessen. Dann hockte ich mich auf eine der Kirchenbänke und glich die Maße des gesamten Grundrisses mit den von mir im Keller gemessenen Längen ab. Carlos hatte sich völlig verschätzt, als er meinte, er hätte etwa ein Viertel davon zugemauert, es kam nicht annähernd hin, es sah auf meinem Plan so aus, als sei es fast die Hälfte der Fläche, die er geschlossen hatte. Aber unter den Bedingungen damals, alleine, unter Zeitdruck, und dass er nie die genauen Längen gemessen hatte, war es nicht verwunderlich. Ich winkte Emanuele zu mir und zeigte ihm die Skizze:

»Hier, der Teil fehlt momentan unten. Er hat mir gesagt, dass er nicht viel zumauern musste, höchstens drei Meter, das bedeutet«, ich zeigte wieder auf den Plan, »dass es sich eigentlich nur hier um diese Wand handeln kann.«

2.

»Werden wir nicht sehr starkes Werkzeug benötigen, um so eine Mauer einzureißen?«
Wir standen in den Kellern vor der Wand, die ich im Plan ausgemacht hatte.
»Nein, nicht unbedingt. Er hat schmale Steine verwendet. Er hatte nicht viel Zeit und er musste alles alleine herschaffen. Wir müssen nur die richtige Stelle finden.«
Ich suchte die Wand Millimeter für Millimeter ab. Wenn Laien eine Wand schließen, merken sie meist erst ganz zum Schluss, dass ein letztes Loch übrig bleibt - und das sauber zuzubekommen, schaffen die wenigsten. Meist steckt der Stein dann nur lose drin und man kann ihn einfach hineinschieben. Dann genügt eine Brechstange, um die Mauer Stück für Stück einzureißen. Soweit die Theorie. Nur, ich konnte an dieser Mauer nirgends eine solche Stelle entdecken.
Emanuele ging noch pragmatischer an die ganze Sache heran. Er klopfte die Wand ab, um zu hören, ob sie dahinter hohl war. Aber das war sinnlos, da der Raum, den wir suchten, keine Fenster hatte und somit völlig verschlossen war, genügte die Luft dahinter, dem Schall genug Widerstand zu bieten, um sich nicht durch ein hohl klingendes Geräusch zu verraten.

»Es muss diese Wand sein!« Ich wurde wütend. Ich hatte es satt, dass es schon wieder ein Problem gab. Ich hatte mir vorgestellt, wir gehen da runter und finden sofort die Stelle und brechen die Wand ruckzuck ein. Verdammt!
Emanuele sah mich abwartend an.
»Es hilft nichts, lass uns oben Werkzeug holen. Wir brechen die Wand auf und sehen, was dahinter ist.«
»Okay, was soll ich holen?«
Ich sagte ihm, was wir brauchen würden, und er machte sich auf den Weg. Zum Glück hatten die Bauarbeiter genug Werkzeug hier, so dass wir zumindest damit keine Sorge haben mussten.

Ich studierte wieder meine Pläne. Aber es gab keinen Zweifel. Es war keine Außenwand und dahinter war definitiv ein Raum, den man sonst von nirgendwoher erreichen konnte. Nur die Wand … ich hätte schwören können, dass diese Wand nicht von einem Anfänger hastig zugemauert worden war. Natürlich wusste man das nie ganz hundertprozentig sicher zu sagen. Es hätte auch Tage gedauert, alle Wände akribisch zu untersuchen, aber wenn ich eine Wand in der Auswahl hatte, so wie jetzt, dann konnte ich normalerweise schon sehen, ob es sich um ein Original handelte, wenn man sich ein wenig Zeit nahm. Zeit! Zeit war genau das, was wir nicht hatten.

Emanuele kam mit einem schweren Vorschlaghammer, einem Brecheisen, einer längeren Stange und einem Meißel zurück. Ich zeigte ihm, wo er ansetzen sollte, und dann drosch er die flache Seite des Eisens tief in die Putzritze, die ich für am vielversprechendsten hielt. Er arbeitete zügig und hatte unglaublich viel Kraft. Die alten Mauerteile splitterten unter seinen harten Schlägen ab und dann fing das Material an zu bröseln. Zum Glück hatten sie hier nicht mit Natursteinen gearbeitet, die einzureißen, ohne schweres Gerät, nahezu unmöglich gewesen wäre. Das Loch, das er herausarbeitete, wurde schnell größer und bald konnten wir mit der langen Brechstange anfangen, Stein um Stein herauszuhebeln. Sobald die Öffnung groß genug war, leuchteten wir hinein. Ja! Volltreffer! Da war tatsächlich ein ziemlich großer Raum. Man konnte noch nicht genug hineinsehen, um seine genauen Ausmaße zu erkennen, aber wir waren definitiv richtig!

3.

Eine weitere Stunde hatte es gedauert, bis die Öffnung groß genug war, um den Kopf hineinzustecken, und was wir dann sahen, war: Nichts. Es war einfach nur ein einzelner Raum, komplett leer - und es gab auch keine Türen oder andere Öffnungen darin. Es war eine Sackgasse!

Emanuele saß keuchend auf dem Boden, sein T-Shirt klebte an seinem Körper und er versuchte, nach der Anstrengung wieder zu Atem zu kommen.

Ich hatte mich ebenfalls auf den Boden gesetzt, leuchtete mit meiner Stirnlampe auf die Skizzen in meinem Schoß und rauchte eine Zigarette. Er hob müde die Hand und ich gab sie ihm und er nahm einen tiefen Zug, dann reichte er sie zurück und sah mich fragend an.

»Ich habe keine Ahnung«, murmelte ich. Dann vergrub ich mich wieder in den Skizzen und versuchte zu verstehen, was schiefgelaufen war.

Carlos hatte ganz eindeutig gesagt, dass er einfach einen Durchgang zugemauert hatte und damit einen

Teil der Kellerfläche quasi hatte verschwinden lassen. Und wenn ich meine Maße, die ich hier unten genommen hatte, mit denen oben aus dem Erdgeschoss abglich, dann war einfach klar, um welchen Teil es sich nur handeln konnte. Emanueles Bedenken von heute Nachmittag fielen mir plötzlich ein, als er meinte, vielleicht habe mir Carlos erst einmal ein falsches Versteck genannt, um mich zu testen. Vielleicht hatte er recht gehabt. Er hatte mich unter größtem Aufwand zu diesem Scheißkeller geführt, der leer war, um zu sehen, ob ich tatsächlich alleine kam. Andererseits, es ging ihm viel zu schlecht, um Zeit für derlei Spielchen zu haben. Das ergab keinen Sinn. Vielleicht war der Ort falsch. Vielleicht hatte er aufgrund seines Zustands einfach etwas verwechselt. Vielleicht gab es das Archiv auch gar nicht und er hatte sich nur eingebildet, dass der Mythos gar kein Mythos sei, und plötzlich geglaubt, er hätte tatsächlich dieses ominöse Archiv angelegt.

Ich sprang auf und Emanuele sah mich erwartungsvoll an.

»Ich gehe wieder hoch, ich muss mir das nochmal von oben aus ansehen.«

Er nickte und ich sprang die Treppen nach oben. Es musste einfach hier irgendwo sein. Ich wollte endlich dieses blöde Notizbuch finden und dann von der Insel verschwinden, das alles hinter mir lassen. Noch weiter danach zu suchen, war einfach keine Option.

Ich stellte mich in die Mitte des Kirchenschiffs und leuchtete wieder auf die Pläne. Okay, ich würde jetzt einfach als Arbeitsgrundlage annehmen, dass es das Archiv gab. Und dass ich am richtigen Ort war. Und dass Carlos mir die Wahrheit gesagt hatte. Wenn ich das alles einmal als Fakt annahm, dann gab es nur eine Erklärung, nämlich, dass ich etwas übersehen

hatte. Und in diesem Fall musste ich nur den Fehler finden und das Problem wäre gelöst. Ich versuchte, alle Gedanken an das Archiv und das ganze Drumherum auszublenden, versuchte mir vorzustellen, ich sei hier, völlig unvoreingenommen, bei einem ganz normalen Auftrag. Irgendjemand hatte mich einfach gebeten, mir diese Pläne anzusehen, um so einen alten Keller wiederzufinden. Ich schloss kurz die Augen, dann atmete ich tief ein und wieder aus. Dann blickte ich ganz ruhig und gelassen auf meine Unterlagen, war ganz entspannt, einfach nur interessiert. Ein Profi, der einen alten Keller sucht, ohne emotional damit verbunden zu sein. Ich fuhr mit den Augen alle Linien ab, rief mir die Wände unten ins Gedächtnis und baute meine Zeichnungen als dreidimensionales Gebilde vor meinem inneren Auge auf. Als ich das geschafft hatte, begann ich das ganze Gebäude in Gedanken zu drehen, wie diese Animationen, die man oft im Internet sieht, wenn ein Hersteller sein Produkt von alle Seiten präsentieren will.
Ich war absolut ruhig, fokussierte mich ganz auf die Grundrisse und dann sah ich es. Es war so einfach, dass ich fast lachen musste.

4.

Emanuele saß noch immer völlig fertig am Boden, als ich wieder zu ihm nach unten kam. Ich grinste, was er aber nicht sehen konnte, weil ich ihm mit meiner Stirnlampe voll in die Augen strahlte.
»Was ist, hast du noch Kraft für eine weitere Wand oder war's das schon mit dir?«
Er sprang auf: »Du hast etwas gefunden?«

»Ja, sieh her!« Ich zeigte ihm den Plan. Carlos hatte aus seiner Sicht doch recht gehabt, als er dachte, dass er ein Viertel der Kellerfläche zugemauert hatte, aber er konnte auch nicht wissen, dass bereits früher einmal jemand neue Wände eingezogen hatte. Ich verstand zwar nach wie vor nicht, warum man das getan hatte. Gut, die Kirche war viele Hundert Jahre alt, eventuell hatte man ein paar Schriftrollen oder Bücher oder Dokumente verstecken wollen - und die waren inzwischen zu Staub zerfallen. Oder es war irgendein Ritual gewesen. Ich hatte keine Ahnung - und eigentlich war es mir auch scheißegal, denn wichtig war nur, als Carlos hier unten den Grundriss mit seiner Mauer verändert hatte, war bereits viel früher schon einmal ein Teil der Fläche versteckt worden. Eigentlich hätte mir das auch auffallen müssen, denn als der Sandstein vorhin anfing zu zerbröseln, war im Prinzip klar, dass dies Baumaterial war, das man viel früher verwendet hatte. Carlos hatte natürlich die für seine Zeit üblichen Ziegel benutzt und die würden alle in einem Stück herausfallen, wenn wir die Wand bearbeiteten. Somit musste der Zugang, den er damals geschlossen hatte, genau am anderen Ende der Mauer sein.
Emanuele schnappte sich nach meiner Erklärung wortlos das Werkzeug und dann liefen wir durch die verwinkelten Gänge, immer meinen Plan im Blick, um ans andere Ende der Mauer zu gelangen, an der wir gerade noch gearbeitet hatten. Und als ich diese Stelle genau unter die Lupe nahm und ganz oben unter der Decke begann, den Putz abzuschlagen, sah ich bereits an den Ziegeln, dass wir hier richtig waren. Und hier fand ich auch einen losen Stein, den ich an der vorherigen Stelle vergeblich gesucht hatte. Es genügten ein paar kräftige Schläge mit dem

Meißel und der Stein fiel mit einem lauten "Plopp" aus seiner Verankerung und krachte auf der anderen Seite dumpf auf den Boden. Dann setzte Emanuele die Brechstange ein und Stück für Stück wackelte er einen Ziegelstein nach dem anderen heraus. Es ging viel schneller als bei der anderen Wand. Wie ich vermutet hatte, war Carlos kein Maurer und seine Arbeit ein einziger Pfusch. Zum Glück.

Bald war die Öffnung bereits so groß, dass wir wieder den Kopf hindurchstecken konnten. Zwar gab es auch in diesem Raum wieder nichts zu sehen, aber immerhin befand sich auf der linken Seite eine Türe aus Holz!

Als Emanuele die Türe mit eigenen Augen sah, schien er wieder zu Kräften zu kommen und drosch und rüttelte an den Ziegeln, dass ich dachte, er reißt gleich das ganze Gebäude mit ab. Schließlich war die Öffnung groß genug, um hindurchschlüpfen zu können, aber der Staub, der in der Luft lag, war inzwischen so dicht, dass wir uns für ein paar Minuten bis zur Treppe zurückzogen, um abzuwarten, bis er sich etwas gelegt hatte.

Wir setzten uns auf die Stufen und ich zündete uns noch eine Zigarette an, die wir uns teilten.
»Was wirst du mit dem Buch machen, wenn du es findest?«, fragte er mich plötzlich.
Ich zuckte mit den Schultern. Ich hatte noch nicht darüber nachgedacht, was ich damit tun würde. Ob ich es meinen Eltern gab oder verbrannte - ich hatte keine Ahnung.
»Ich weiß es nicht«, sagte ich dann leise.

Eine Weile sah er mich schweigend an, dann drückte er die Zigarette aus, sah mir tief in die Augen: »Ich liebe dich, Chiara.«

5.

Der Staub hatte sich tatsächlich etwas gelegt und wir kletterten über den Steinhaufen in den Raum. Die Türe, die wir vom Durchbruch aus gesehen hatten, war aus rohen Brettern gezimmert und mit einem Vorhängeschloss gesichert. Vermutlich hatte Carlos sie seinerzeit eingebaut, als er das Archiv noch regelmäßig nutzte. Ich sah mir das Schloss genauer an, ich bin Spezialistin darin, solche Schlösser zu knacken. Im Auto habe ich immer eine ganze Kiste mit auf Flohmärkten zusammengekauften Schlüsseln, weil ich oft solche Türen finde und sie nicht beschädigen will. Aber während ich noch überlegte, wie ich es aufbekommen könnte, hatte Emanuele längst den Vorschlaghammer geholt und mit nur einem gezielten Schlag drosch er einfach das Schloss samt Halterung aus Wand und Türe.

Ich zitterte plötzlich am ganzen Körper. Sollten wir es wirklich geschafft haben? Hatten wir tatsächlich das Archiv entdeckt? Würden wir darin all das finden, die Unterlagen und Aufzeichnungen, wie es mir Carlos versprochen hatte? Ich traute mich nicht, die Türe zu öffnen, aber Emanuele zögerte wieder nicht lange. Er sah mich kurz an, dann nickte er und stieß die Türe auf.

Kapitel 11

1.

Nachdem wir endlich in die Kammer vorgedrungen waren, standen Emanuele und ich andächtig vor den langen Reihen an Regalen. Die gesamten Wände links und rechts waren damit zugestellt und sie reichten bis knapp unter die Decke. Sie waren randvoll mit Aktenordnern, Kassenbüchern, diesen großen, wie man sie früher verwendet hat, dazu gebündelte Papiere und einige Kisten aus Karton, die alle sorgfältig beschriftet waren. Am Ende des Raums, gegenüber der Türe, stand eine Art Sekretär, davor ein altmodischer Drehstuhl aus Holz mit einer Sprossenlehne. Hier hatte er vermutlich damals seine Aufzeichnungen erstellt, bevor er sie dann sorgfältig abgelegt hatte. Der Boden war roh, ihn bedeckte eine dicke Staubschicht, die bezeugte, dass hier seit Jahrzehnten niemand mehr gewesen war. Es gab kein Fenster und keine weiteren Türen. Ein paar altmodische Deckenlampen versuchten die Szene zu beleuchten, aber die meisten hatten keine Glühbirne mehr, und so war das Licht nicht mehr als ein fahler Nebel, der dem Raum etwas mystisches, ja kathedralenartiges, gab. Das also waren all die Aufzeichnungen, die viele Jahrzehnte organisiertes Verbrechen dokumentierten. Ich vermochte mir nicht vorzustellen, wie viele Verhaftungen es geben würde, wenn diese Unterlagen erst alle ausgewertet worden waren. Ich blickte Emanuele von der Seite an. Sein Gesicht glänzte wie im Fieber und er starrte fasziniert auf all die Regale. Sein Polizistenherz tanzte vermutlich gerade Samba, als er sich ausmalte, was es

für seine Karriere bedeutete, dass er diese Unterlagen sichergestellt hatte.
Ich räusperte mich: »Emanuele, kann ich kurz das Buch …?«
Erst schien es, als hätte er mich nicht verstanden, aber dann drehte er sich zu mir um:
»Chiara, ich …«, er brach ab und sah mich hilflos an. Dann nahm er einen neuen Anlauf:
»Chiara, wenn mich jemand fragt, ob alles vollständig ist, ich kann dann nicht, ich meine, was soll ich denn dann sagen?«
»Emanuele, wir hatten einen Deal!«
Wieder sah er mich hilflos an: »Ja, natürlich. Du hast recht. Ich … ich habe hier unten kein Netz, würdest Du kurz auf alles aufpassen, dann gehe ich hoch und verständige meine Einheit?« Er zwinkerte dazu und ich verstand.
»Ja, natürlich, ich passe auf.«
»Gut. Ich werde nicht lange brauchen. Und sie werden sehr schnell hier sein. Also …«
Ich nickte. Und wieder sah ich den Glanz in seinen Augen und mir wurde genau in diesem Moment klar, dass er viel zu sehr Polizist war, als dass er damit hätte umgehen können, was ich gleich tun würde. Er wusste, irgendwie war auch meine Familie in diese Sache verwickelt. Und so sehr er sich auch bemühte, das würde immer zwischen uns stehen. Und irgendwann, vielleicht nicht gleich, würde es ein Thema werden für uns. In irgendeinem fernen Streit würde entweder ich ihm vorwerfen, dass er zugelassen hatte, dass ich Beweismittel stahl. Oder er mir, dass meine Familie irgendwas mit einem Paten gemauschelt hatte. Und ihn würde das garantiert auffressen. Er war viel zu korrekt, viel zu ehrlich, für solche Spielchen.

Als hätte er meine Gedanken erraten, drehte er sich nochmals um, als er gerade durch die Türe gehen wollte. Unsere Blicke trafen sich und er begriff, dass das ein Abschied für immer war, dass unsere Pläne nichts mehr zählten, von den Ereignissen überholt worden waren. Wieder setzte er an, etwas zu sagen, aber ich schüttelte nur leicht den Kopf:
»Es ist gut, Emanuele, es ist gut. Wir werden immer diesen Sommer haben, an den wir uns erinnern. Der Sommer, der uns zusammengeführt hat, in dem wir glücklich waren. Wir werden das nie vergessen, ja?«
Ich kämpfte gegen die Tränen, aber ich wollte nicht, dass er sie sah, ich wollte, dass er mich so in Erinnerung behielt, wie er mich kennengelernt hatte.
Er schluckte schwer, dann nickte er langsam:
»Ja, Chiara, wir werden immer diesen Sommer haben. Immer!«
Damit drehte er sich um und ich starrte noch kurz hinter ihm her in den dunklen Gang, bis sein Schatten von der Schwärze verschluckt wurde. Dann kam Bewegung in mich. Ich leuchtete hastig alle Regale ab, wühlte in den Papieren und hoffte, das Buch schnell zu finden, das Carlos mir so genau beschrieben hatte. Es war nirgends. Mein Blick fiel auf die Kisten. Es waren viele und ich würde keine Zeit haben, sie alle langsam zu durchsuchen. Ich nahm die erste aus ihrem Fach, löste die Umschnürung, wühlte kurz darin, dann zuckte ich mit den Schultern und kippte den Inhalt einfach auf den Boden. Es waren kleine Notizbücher darin, Quittungsblöcke, einige Schnellhefter, aber kein Buch, wie ich es suchte. Kiste um Kiste leerte ich auf den Boden, es war egal, die Ermittler würden sich nichts dabei denken, sicher war es ihnen gleichgültig, in welcher Form sie diese Schätze hier vorfinden

würden. Schließlich stand ich fast knietief in Unterlagen, als ich in der vorletzten Kiste endlich fand, wonach ich gesucht hatte. Carlos' Buch! Es war, wie er mir gesagt hatte, vorne und hinten aus massivem schwarzen Karton und auf der Innenseite des vorderen Deckels standen seine Initialen. Ich steckte es hastig ein und dann machte ich, dass ich wegkam.

Ich drehte mich nicht mehr um, lief zu den Treppen, nahm die entgegengesetzte Richtung vom Hauptausgang zur Pfarrwohnung und schließlich stand ich keuchend und verschwitzt wieder auf der Straße. Ich bildete mir ein, in der Ferne schon die ersten Sirenen zu hören. Bei so einem Fund würden sie in Kürze mit Sicherheit das gesamte Viertel abriegeln und schweres Gerät auffahren, um nur ja zu verhindern, dass irgendjemand in letzter Sekunde all die wertvollen Unterlagen zerstören oder entwenden konnte.

2.

Ich fuhr an meinem Hotel vorbei und holte meine Sachen, die ich schon gepackt hatte, und nahm dann den Weg hinauf in die Hügel, zu Carlos' Villa. Wie bisher wurde ich am Tor gleich durchgewunken und als ich auf dem großen Vorplatz anhielt, wartete Bruno bereits, um mir die Türe zu öffnen. Er führte mich schweigend und mit hastigen Schritten durch die endlosen Gänge bis in Carlos' Krankenzimmer. Diesmal saß er nicht in seinem Rollstuhl, sondern lag in seinem Bett. All die Geräte, die danebenstanden, blinkten und zeigten irgendwelche Vitalwerte an, von denen ich nichts verstand. Bruno blieb einen Moment abwartend stehen, aber ein fast nicht vorhandenes Zucken mit einer Augenbraue genügte und er verschwand unauffällig und leise.

»Ah, Chiara«, so etwas wie der Hauch eines Lächelns huschte über sein Gesicht. Er wollte eine Hand heben, aber, wie schon beim letzten Mal, schaffte er es kaum, dass sich auch nur ein Finger leicht bewegte.
Ich hatte meine Sonnenbrille abgenommen und machte einen Schritt auf sein Bett zu, bis ich dicht vor ihm stand.
Er setzte mehrmals an zu sprechen, schließlich krächzten die Worte aus seinem Mund:
»Du hast es!« Es war keine Frage. Er wusste es einfach, woher auch immer.
Ich nickte: »Ja, ich habe es.«
Er hatte den Kopf etwas gehoben, jetzt ließ er ihn zurück ins Kissen sinken.
»Und die anderen Sachen?« Wieder kaum mehr als ein krächzendes Geräusch, dem die Worte kaum zu entreißen waren.
Ich sah ihn fest an: »Die anderen Sachen werden gerade von Emanuele und seiner Einheit sichergestellt.«
Er deutete ein Nicken an, schloss die Augen und nachdem ich eine Weile unschlüssig gewartet hatte, drehte ich mich um und ging zur Tür.
»Chiara?« Er hatte es diesmal mit fester Stimme gesagt. Ich blickte nochmals zum Bett und er versuchte wieder, die Hand zu bewegen, wohl, um mich nochmals zu sich zu rufen.
»Chiara?«
»Ja?«, dabei beugte ich mich etwas über den Rand des Bettes.

»Chiara, sag Vittorio, sag ihm, seine Tochter besitzt die gleiche Ehre wie er. Sag ihm das!«
Ich nickte und irgendwie rührte mich die Szene so an, dass Tränen in mir hochstiegen und so setzte ich meine Sonnenbrille auf, nickte nochmals und dann verließ ich das Zimmer.

Bruno stand wie immer vor der Türe. Ich nickte auch ihm zu und dachte, er würde mich nach draußen begleiten, so wie die letzten Male auch, aber er verzog keine Miene und ging zu Carlos ins Zimmer.

3.

Ich hatte gewusst, dass Carlos nur noch durchgehalten hatte, bis das Buch in Sicherheit war. Auch wenn sein Körper jetzt alt und schwach war, war er nicht der Mann, der wartete, bis sie ihn eines Tages abholen würden, wenn sie die restlichen Unterlagen ausgewertet hatten. Oder der es darauf anlegte, dass ihn eine der anderen Familien, die genauso vom Fund der Unterlagen betroffen waren, holen kämen. Und die würden ihn nach alter Tradition nicht schnell und leise töten. Nein, sie würden ihn leiden lassen, dafür, dass er nicht verhindert hatte, dass so vieles jetzt ans Licht kam.
Trotzdem zuckte ich zusammen, als ich den Schuss hörte, der wie ein Kanonenknall durchs Haus bebte, als ich gerade die große Halle durchquerte und noch nicht mal im Freien war. Mein Herz schlug heftig und meine Knie wurden ganz weich und ich bekreuzigte mich und machte, dass ich aus diesem Haus kam. Carlos hatte seine Hände nicht mehr bewegen können. Also hatte er wohl Bruno einen letzten Befehl erteilt, das zu tun, wozu er selbst nicht

mehr in der Lage war. Ich vermochte mir nicht im Geringsten vorzustellen, welche Art Loyalität das sein musste, dass ein Mann so etwas, ohne zu zögern, ausführte. Ich hatte mitbekommen, dass Bruno für Carlos wie ein Sohn war, der Sohn, den er nie gehabt hatte, und die Vorstellung, was dort in dem Zimmer gerade passiert war, ließ mich schaudern. Wie Bruno wohl damit umgehen würde?
Die Antwort kam, als ich gerade den Wagen bestieg. Ein zweiter Schuss fiel und damit war die Ära von Carlos endgültig beendet. Es gab niemanden mehr, der seine Geschäfte hätte übernehmen können. Ein letztes Mal blickte ich auf die riesige Villa. Sie thronte hier auf dem Hügel und wusste so viel zu erzählen. Nicht auszudenken, was in diesen Mauern alles passiert sein musste, die letzten Jahrzehnte. Aber das war nun Geschichte. Der Staat würde das Haus beschlagnahmen und es war Zeit, ein neues Kapitel aufzuschlagen, das hoffentlich fröhlicher wurde als alles, was hier bisher geschehen war.

Ich startete den Wagen, das Tor zum Anwesen stand offen und niemand war zu sehen, und so gab ich Gas und fuhr zum Hafen.

Epilog

Das Fährschiff tuckerte stoisch übers Meer, das graugrün nur ein paar Wellen entgegenzusetzen hatte. Sizilien lag im Dunst und ich stand etwas abseits der Touristen, die versuchten, das Bild der Insel nochmals in sich aufzunehmen. Die sich vielleicht an schöne Urlaubstage erinnerten, an gutes Essen, traumhaften Wein und laue Abende im Freien.

Ich dagegen versuchte immer noch, die Gedanken an Tod und Siechtum aus meinem Kopf zu bekommen. Ständig tauchte das Gesicht von Carlos vor mir auf und dann schob sich ein Pistolenlauf davor und ich schrak jedesmal zusammen.

Ich drehte mich zum Meer und dann holte ich Carlos' Buch aus meiner Tasche. Lange hielt ich es einfach in der Hand. Ich hatte ihm mein Wort gegeben, dass es nicht in falsche Hände geraten würde. Ob ich hineinsehen durfte, darüber hatten wir nie gesprochen. Ich schlug die erste Seite auf. Ein ganz kurzer Blick nur. Das Papier war vergilbt und fein liniert. In kleiner sauberer Schrift stand Name um Name darin. Gleich beim ersten zog es mir fast die Beine weg. Das also war der "Freund", den er hatte schützen wollen, schützen müssen. Pietro Inzigniano. Am Geburtsdatum erkannte ich, dass es gar kein Freund war. Er hatte einen Sohn! Und dem hatte er ein Leben ersparen wollen, wie er es geführt hat, hatte ihn weggegeben, mit neuen Papieren, und nie wieder gesehen. Jetzt verstand ich, warum es ihm so wichtig gewesen war, dass ich dieses Buch sicherstellte. Das Leben seines Sohnes wäre zu Ende, hätte das je eine der Familien erfahren. Die Vendetta, die Blutrache,

die sie nehmen würden, wäre sein sicheres Ende. Und ein überaus grausames dazu.
Ich blätterte noch etwas weiter. Carlos hatte akribisch festgehalten, wer von ihm welche Art Papiere bekommen hatte. Das ganze Buch war voll damit. Alles Menschen, Schicksale, die sich, aus welchen Motiven auch immer, eine neue Existenz, ein neues "Ich", bei Carlos gekauft hatten. So wie meine Mutter. Ich müsste nur ein paar Seiten weiter aufschlagen und endlich würde ich erfahren, wie ihr echter Name lautet. Ich könnte mich dann auf die Suche machen, nach Verwandten, nach Familie, nach meinen Großeltern. Es war so verlockend, so sehr, und meine Augen füllten sich mit Tränen und tropften auf die Seiten im Buch und durchweichten sie und durch den Tränenschleier konnte ich fast nichts mehr erkennen, und dann begann ich Seite um Seite aus dem Buch zu reißen und ins Meer zu werfen. Ich machte das ganz mechanisch, immer im gleichen Rhythmus, Blatt für Blatt, bis ich nur noch die beiden Deckel der Vorder- und Rückseite in Händen hielt. Diesen schwarzen, steifen Karton. Ich blickte nochmals auf die Innenseite, wo die Initialen "C.I." standen, dachte nochmal an Carlos, an all die Erlebnisse, an Emanuele, an die Nacht mit ihm am Strand, an die Hitze in der Stadt. Und dann holte ich weit aus und schleuderte die Deckel wie ein Frisbee weit hinaus über Bord. Noch bevor sie irgendwo auf dem Wasser aufschlugen, drehte ich mich mit dem Rücken zur Reling. Ich holte tief Luft, schob meine Sonnenbrille vor die Augen, zündete mir eine Zigarette an - und dann machte ich, um mich abzulenken, Pläne für den Rest des Sommers.

Von Chiara Ravenna ebenfalls erschienen:

„iL Tedesco - Der Deutsche“

Chiara ist eine junge Italienerin, die auf einem Weingut in der Emilia Romagna, in Italien, aufgewachsen ist. In ihrem Roman erzählt sie ihre Geschichte, die, beeinflusst durch ein Erlebnis in ihrer frühen Jugend, immer wieder zu ereignisreichen Wendungen führt. Dazu kommt ein geheimnisvoller Mann aus der Vergangenheit, der plötzlich wieder auftaucht und die Familie zu bedrohen scheint.
Durch ihre deutsche Mutter hat Chiara die Sprache als einziges ihrer Geschwister gelernt. Das kommt ihr in ihrem Beruf als Architektin zugute. Sie restauriert alte Landhäuser in Italien, die meist von Deutschen gekauft werden.
Aber auch das „dolce vita“, die langen Sommer, Tage am Meer und gutes italienisches Essen kommen nicht zu kurz. Chiaras ganz eigene Auffassung, wie man zum Beispiel einen heißen Sommertag gestalten sollte, nimmt den Leser mit auf eine amüsante Reise. Dort am Meer ist es auch, wo sie „il Tedesco“, den Deutschen, kennenlernt, der beginnt, ihr ganzes, von ihrer Familie durchgeplantes Leben auf den Kopf zu stellen.
Neben wunderbaren Einblicken in das „echte“ italienische Leben gibt es auch dramatische Abschnitte, die für genug Spannung sorgen, um dann wieder ein ausgiebiges Abendessen im Kreis einer italienischen Familie genießen zu dürfen.
Die Geschichte spielt in der Emilia Romagna und auf Sizilien und macht kurze Ausflüge in das Italien der Generation vor Chiara, in eine Zeit, als ihre Eltern ihr

Glück erst in der Ferne, ganz im Süden Italiens, suchen mussten, um es schließlich doch zu Hause zu finden.
Das Buch ist die oft heitere, aber auch spannende und zuweilen dramatische Geschichte einer jungen Frau, die zwischen den Traditionen einer alteingesessenen italienischen Großfamilie und dem Kampf um ihre Freiheit und ihr persönliches Glück viele Wege gehen muss. Dabei verliert sie jedoch nie ihren Humor und behält immer den Blick für die schönen und wichtigen Momente im Leben.

- Das Buch „**il Tedesco - Der Deutsche**“ ist erhältlich als Taschenbuch bei Amazon und als eBook für KINDLE sowie als iBook im Apple iTunes Store und bei KOBO

Die **Fortsetzung** von „iL Tedesco - Der Deutsche" ist unter dem Titel

„La Tedesca - Die Deutsche" erschienen:

Chiara Ravenna, Rotweinliebhaberin, Verfechterin des „dolce far niente", des süßen Nichtstuns, Genießerin der italienischen Küche, kommt nach Deutschland! In ihrem Roman erzählt sie von ihren Jahren fern der Heimat. Der ursprünglich nur auf ein bis zwei Monate angelegte Aufenthalt entpuppt sich für sie zunächst als Albtraum und einige aufregende Geschehnisse verhindern ihre baldige Rückkehr nach Italien.

Chiara, aufgewachsen auf einem Weingut in der Emilia Romagna, hat durch ihre deutsche Mutter die Sprache gelernt. Das kommt ihr in ihrem Beruf als Architektin zugute. Sie restauriert alte Landhäuser in Italien, die meist von Deutschen gekauft werden.

Für ein Arbeitsprojekt wird sie von ihrer Familie nach Deutschland geschickt. Ausgestattet mit einem Wortschatz, der fast komplett auf dem Stand der sechziger Jahre ist, völlig unerfahren, was Dinge wie Schnee und Kälte anbelangt, Rotwein und leichte italienische Küche liebend und gewohnt, recht entspannt auch Mal ihr Büro einfach an den Strand zu verlegen, kollidiert ihr südländisches Temperament und ihre Auffassung von Organisation schnell mit ihrem neuen Umfeld.

Aber Chiara wäre nicht Chiara, würde sie nicht bald damit beginnen, ihre ganz eigenen Strategien gegen das Heimweh und die anfängliche Traurigkeit zu entwickeln. Und so fängt sie an, sich umzusehen, im Land ihrer Mutter, entdeckt plötzlich auch ihre eigene deutsche Seite an sich und kämpft sich mit einer guten Portion Humor durch alle Widrigkeiten. Ein betrügerischer Geschäftsführer, ein alter Mann, von dem sie nicht weiß, ob er mit der geheimnisvollen Vergangenheit ihrer Mutter zu tun hat, neue Freunde und fremde Bräuche. Zudem landet sie ausgerechnet in der Stadt, aus der ihre große Liebe, Dieter, den in Italien alle nur „il Tedesco", den Deutschen, nennen, stammt.

Verschnaufpausen bieten die kurzen Urlaube zuhause in Italien, in denen Chiara versucht, in wenigen Tagen all das nachzuholen, was ihr in Deutschland so fehlt. So läßt sie auch diesmal den Leser wieder teilhaben an ihrer Heimat, lauen Sommerabenden, Tagen am Meer, einem Drink auf der Piazza und ihren schon legendären Restaurantbesuchen.

Spannend bleibt es bis zum Schluß, denn Chiara verfolgt wie immer ihre ganz eigenen Pläne und ist auch bereit, sich gegen die Wünsche ihrer Familie zu behaupten.

„Sizilianisches Blut trifft seine deutschen Wurzeln". Oft heiter, zuweilen lustig, charmant, nachdenklich und spannend. Die Geschichte bietet alle Facetten, denn wenn Chiara eines besonders gut kann, dann auch einfach mal über sich selbst zu lachen und die Welt mit einem guten Glas Rotwein wieder gerade zu rücken.

- Das Buch „**La Tedesca - Die Deutsche**“ ist erhältlich als Taschenbuch bei Amazon und als eBook für KINDLE sowie als iBook im Apple iTunes Store und bei KOBO

„Geheimnisvoll - und heiß wie ein italienischer Sommertag", so liest sich die Geschichte, die unter dem Titel **„Chiara und die alte Abtei"** erhältlich ist:

Über das Buch

Es ist einer der heißesten Sommer, als sich Chiara bei der Arbeit auf dem Weingut ihrer Eltern nach Abkühlung sehnt. Ein vermeintlich einfacher Auftrag für sie als Architektin scheint genau das zu versprechen. Eine alte Abtei, ganz im Süden Italiens, soll unter Denkmalschutz gestellt werden. Lorenzo, ihr ehemaliger Professor, bittet sie, die alten Pläne zu überarbeiten. So reist Chiara in das kleine Dorf Coresi in den Hügeln über dem Meer, ganz unten am Ende des Stiefels. Doch weder die alte Abtei noch der versprochene kleine See dort, entpuppen sich als leichte Herausforderung. Viele alte Geschichten, die sich um die Ruine ranken, skurrile Begegnungen aller Art mit den Dorfbewohnern, versteckte Warnungen, dubiose Bauunternehmer, zwielichtige Gemeinderatsmitglieder, all das verschleiert das eigentliche Geheimnis der alten Abtei. Chiara benötigt ihre gesamte Kombinationsgabe, um die einzelnen Handlungsstränge zu entwirren und den alten Mauern Schritt für Schritt die wahre Geschichte zu entlocken.
Wie immer hilft ihr dabei ihre Gabe, sich, egal wo, schnell ein Netzwerk an Freunden aufzubauen, nebenbei die besten Lokale der Region aufzuspüren und bei dem einen oder anderen Glas Rotwein einen kühlen Kopf zu bewahren.
Und auch wenn ihr Temperament sie so manches Mal die Abtei verdammen läßt, so setzt sie doch

schließlich alles daran, die historischen Mauern vor dem drohenden Abriss zu retten.
Mal spannend, gelegentlich leicht gruselig, aber überwiegend heiter und unbeschwert, will dieses Buch einfach ein charmanter Begleiter für ein paar sehr vergnügliche Lesestunden sein. Denn Chiaras größtes Ziel bei der ganzen Unternehmung ist es, rechtzeitig zu den Augustferien wieder zurück an „ihrem" Strand zu sein.
Heiße Tage, laue Nächte, kühler Wein. Lassen Sie sich einfangen, egal wo Sie das Buch lesen, der unbeschwerte Genuss eines südlichen Sommers ist auf jeden Fall garantiert.

- Das Buch „**Chiara und die alte Abtei**" ist erhältlich als Taschenbuch bei Amazon und als eBook für KINDLE, als iBook im Apple iTunes Store und bei KOBO

Anhang 1

Begriffe aus dem Italienischen:

Avvocato -> Anwalt

Consigliere -> Berater / Ratgeber, speziell auch für Familien des organisierten Verbrechens

Geometer -> eigentl. Landvermesser, heute eine Mischung aus Bauzeichner, Statiker und Bautechniker

Questura -> Polizeipräsidium

Commissario -> Kommissar

Carabinieri -> italienische Polizeitruppe

addiopizzo -> sizilianische Anti-Mafia-Bewegung. Pizzo ist das "Schutzgeld", addio bedeutet "Tschüss", also wörtlich übersetzt "Tschüss Schutzgeld". Eine Vereinigung von Geschäftsleuten, die sich geschlossen weigern, weiter Schutzgeld zu bezahlen und dies mit einem Aufkleber an ihrem Laden demonstrieren

Cosa Nostra -> wörtl. "unsere Sache", bezeichnet die sizilianische Mafia

Vendetta -> Blutrache

caffè -> Espresso, klingt fast wie das deutsche "Kaffee". Möchten Sie auch in Italien einmal eine Tasse Kaffee, die in etwa dem deutschen Filterkaffee entspricht (zumindest von der Menge her), bestellen sie einen ''caffè americano''

Bagno -> Badezimmer oder wie hier im Buch das Strandbad

Anhang 2

Personen im Buch:

Chiara Ravenna - Protagonistin
Vittorio Ravenna - Chiaras Vater
Carlos Inzigniano - Mafia-Pate
Orazio Abbate - Anwalt von Carlos
Mario - Inhaber von Chiaras Stamm-Strandbar (= Bagno)
Emanuele Caudullo - Polizist
Bruno - Leibwächter und "erster Mann" von Carlos
Federico Borrata - ehemaliger Kommissar (Commissario)
Santo - Handlanger von Carlos
Saverio Mancuso - Carlos größter Konkurrent, Oberhaupt des Mancuso-Clans
Lucia Borrata - Kollegin von Emanuele und Tochter des ehem. Commissario